AF215526

Books on Demand

Dieter Gerhard

Melvin,
der Weihnachtswichtel

**Eine weihnachtliche Geschichte
über den stellvertretenden
Geschäftsführer von Santa Claus**

Foto Umschlagseite: Gerhard Voss
"Wichtel Melvin"

Bibliografische Information der Deutschen Nationalbibliothek:

Die Deutsche Nationalbibliothek verzeichnet diese Publikation in der Deutschen Nationalbibliografie; detaillierte bibliografische Daten sind im Internet über http://dnb.dnb.de abrufbar.

Illustration: Dieter Gerhard

Herstellung und Verlag: BoD – Books on Demand, Norderstedt

ISBN 978-3-7448-7116-7

Inhaltsverzeichnis:

Melvin,
der Weihnachtswichtel

Prolog:
Mein Name ist Melvin, Prokurist oder auch gehobener Sekretär von SC

Mein Name ist Melvin, ein Name, der gerechter Freund, Energie und Kraft bedeutet. Er stammt von normannischen Adligen aus dem Ort Malleville ab, gehört zu meiner Identität und begleitet mich schon ein ganzes Leben. Namen helfen dabei, uns voneinander zu unterscheiden. Wäre ja auch schlimm, wenn man jemanden anreden müsste mit: *ey kleiner Pharao, Karottenrambo* oder gar *Double von Schweinchen Dick.* Oder durch ein spezielles Hindeuten: *nein der kleine Dünne da drüben, neben dem Dicken.*

Ich habe auch keinen akademischen Titel, kein Berufstitel, Ehrentitel und auch keinen Adelstitel, weil ... mit einem Titel ist man schließlich nicht wichtiger als andere. Gut, mit einem Titel hat man wichtige Fähigkeiten erworben, kann diese erfolgreich einsetzen und sich damit identifizieren. Aber auch ohne Titel kann man hervorragende Leistungen erbringen, sich quasi von unten emporarbeiten.

Nichtsdestotrotz bleibt mein Name Melvin, wie der amerikanische Bodybuilder Melvin Anthony, der englische Schriftsteller Melvin Burgess oder auch der deutsche

Kinderdarsteller Melvin Maximilian Eisenstein. Allerdings habe ich im Gegensatz zu diesen bekannten Persönlichkeiten keinen Familiennamen. Das brauche ich auch nicht, denn wir sind alle eine große Familie und benötigen diese Abgrenzung der einzelnen Familienzugehörigkeiten nicht.

Es reicht, wenn wir uns mit dem Vornamen anreden, mich also mit Melvin, ein Wort, sechs Zeichen, zwei Silben, Morsezeichen: -- · ·-·· ·--· ·· -·
Buchstabiertafel: Martha – Emil – Ludwig – Viktor – Ida – Nordpol.

Wir wohnen auch alle im gleichen Dorf, in Christmas Village. Natürlich jeder in seiner eigenen Hütte. Es ist ein kleines Dorf oben am Nordpol, umgeben von Tannen und polarem Eis und für kein menschliches Auge sichtbar. Dort ist alles so beeindruckend und voller Wunder. Alles fällt einem sehr leicht. Wir müssen uns nie sagen: Ich kann das besser oder ich kann mehr leisten.

In dem Betrieb, wo ich arbeite, dass sich gleich neben Christmas Village befindet, ist es der Stil des Hauses, dass man sich in der dritten Person Plural anredet, ohne dabei die Wertschätzung des Anderen zu entsagen oder gar jemanden auf die Füße zu treten. Es gehört einfach zur Unternehmenskultur, dass wir uns duzen, und soll bei persönlichen und zwischenmenschlichen

Kontakten, die familiäre Atmosphäre noch weiter vertiefen.

Ich für meine Wenigkeit bin in den besten Jahren, so, um die …, äh …, also ich bin …, ähm keine Ahnung, vielleicht …? Hm …, ich kann mich kaum noch daran erinnern. Als ich mal angefangen hatte zu zählen, wie viele Male ich Weihnachten schon erlebt hatte, da bin ich allerdings bei ungefähr einhundert siebenundsiebzig oder war es zweihundert fünfundfünfzig? …, na ja ich weiß nicht, zumindest war es wie das Schafe zählen: Ich bin eingeschlafen. Oh ja wir können schon ein hohes Alter erreichen und kein Bart und auch keine Falten im Gesicht können diesen Eindruck verhindern.

Als Alleinstehender habe ich aber viele Freunde, bin nicht unfreundlich aber auch nicht aufdringlich und verbringe die meiste Zeit auf meiner Arbeitsstelle. Überschwängliche Emotionen sind mir nicht fremd, dagegen aber das Geschnatter um unnützes Zeug.

Das Unternehmen, in dem ich arbeite, ist exorbitant und außerordentlich und beschäftigt sich mit der Herstellung von Spielsachen, Spielwaren und Spielzeugen. Hier werden von Puppen & Puppenkleidung, Sandkastenspielzeug, hochwertige Holz- und Kunststoffspielsachen bis hin zu Kreativ-Sets wie Experimentierkästen und Lern-Mikroskope, hergestellt.

Es sind Spielsachen, die den Kindern ein schönes Lächeln ins Gesicht zaubern und deren Augen zum Funkeln bringen. Kein Kind auf der Welt ist abgeneigt, Spielzeug zu mögen. Während für die Kleinen eher das Lernen, wie Aktions- und Zuordnungsspiele und das Bauen, wie Gegenstände stapeln und Häuser errichten an erster Stelle stehen, sind es für die Größeren das Denken, wie Lege- und Knobelspiele und das Gemeinschaftsspiel, wie Karten- und Brettspiele. Dem Spielwaren-Sortiment sind keine Grenzen gesetzt. Fantasie heißt die Welt, in der Kinder leben.

In diesem Unternehmen gibt es einen Geschäftsführer, ein Kerl der Entscheidungen trifft, der wie ein Kapitän auf der Brücke dem Steuermann zuruft, welchen Kurs er einschlagen soll. Neben dem Geschäftsführer gibt es den stellvertretenden Geschäftsführer, so eine Art Prokurist oder auch gehobener Sekretär. Eine berufsspezifische Beschönigung, so wie etwa aus einer Putzfrau eine Raumpflegerin wird. Oder auch Großwesir, persönlicher Berater, Spielkamerad des königlichen Throns, was eher nach Kaffeekochen als nach rechter Hand klingt.

In dieser Position kann er schalten und walten, wie der Kopf des Unternehmens selber, nur das er dafür seinen eigenen Kopf nicht hinhalten muss. Diese verantwortungsvolle Position, die neue Impulse in einem weckt, die voller Adrenalin, Verantwortung und Spannung steckt, die entwicklungsfähig und dynamisch ist, solche Position bekleide ich.

Neben mir gibt es noch Führungskräfte, wo der eine für die Technik zuständig ist, der andere für die Verwaltung, dann wieder einer für die Holzverarbeitung, einer für …, na ja und so weiter und so weiter. Meine Aufgabe ist es unter anderem über die Auslieferung eines neuen Produktes zu entscheiden, besonders dann, wenn die Führungskräfte wieder mal Meinungsverschiedenheiten hinsichtlich einer kreativ entwickelten Idee haben. Ansonsten bin ich für den reibungslosen Ablauf des Vertriebes, der Inventur und sämtlicher innerbetrieblichen Vorgänge verantwortlich.

Das Betriebsklima ist vorbildlich, die Arbeitsplätze modern und schön und jeder ist um das Wohlergehen des anderen bemüht. Arbeitsintern und außerbetrieblich wird viel gesungen und gelacht, und zwischendurch auch mal gescherzt, was sich wie eine Lockerungsübung für das Gehirn auswirkt. Dabei verhält man sich nett und vorbildlich seinen Kollegen gegenüber.

Auch ich war so. Oft musste ich mich bremsen, um nicht meinen Chef mit meinem Frohsinn zu erschrecken. Schon eine verschneite Landschaft, die in weiße Schneeflocken gehüllt ist, der aromatisch würzige Harzgeruch mit dem angenehm duftenden Waldaroma und dem Citrus Geruch frisch geschlagener Bäume oder gar ein Glas warme Schokolade mit selbst gebackenen Plätzchen, können mir den ganzen Tag versüßen.

Ein positives Betriebsklima ist für jedes Unternehmen sehr wünschenswert, da dadurch die Arbeitsmotivation der Mitarbeiter gesteigert wird. Selbst die Führungskräfte geben jedem ihrer Teammitglieder das Gefühl, das sie jederzeit mit ihren Problemen an ihre Tür klopfen können.

Wir alle verstehen uns als Botschafter, haben das Gefühl, das wir ein wenig mit Kinderaugen durchs Leben gehen und das wir uns das ganze Jahr an den kleinen Dingen erfreuen, die wir hören, sehen und fühlen.

Der Chef dieses Unternehmens ist der König. Er regiert über seine Belegschaft …, na ja er versucht zumindest über seine

Belegschaft zu regieren. Doch die Fäden halte ich in der Hand. Als höher gestellter Mitarbeiter, als Commander oder auch als Top-Manager, übernehme ich zwar bedeutende und verantwortungsvolle Aufgaben, stehe aber in der Hierarchie immer unter dem Geschäftsführer.

Wichtig ist, neben anderen Fähigkeiten, dass man sich mit dem Chef menschlich versteht, Zeit investiert und stets loyal arbeitet. Dabei trage ich eine große Verantwortung, stehe immer unter Druck, ständig unter Beobachtung und muss auch mal anpacken, wenn Not am Mann ist.

Unser Chef ist ein guter Mann, der eine wunderbare Aufgabe hat, nämlich Kinder glücklich zu machen. Er ist zwar ein bisschen adipös, aber nicht dick, mehr voluminös, mollig oder auch füllig, rundlich, nah eben wohlgenährt. Er liebt die Farben Rot und Weiß, wie die klassische Beilage zu Pommes frites. Sein spartanisch eingerichteter Kleiderschrank beinhaltet vierundzwanzig rote Jacken mit weißer Fellborte an der Knopfleiste, an den Ärmeln und am unteren Rand sowie vierundzwanzig rote Hosen mit Gummibündchen und vierundzwanzig rote Mützen mit weißem Fellrand und weißem Bommel. Gleiche Anzahl Stiefel mit Fellbesatz stehen unten im Schrank, nicht weniger schwarze Gürtel mit goldener Schnalle in der Schublade. Er mag diese Art der Kleidung und trägt sie jeden Tag.

Wir hingegen haben nicht nur ein rundes, lustiges und verschmitztes Gesicht mit großen Kulleraugen, wir mögen Zipfelmützen und an unserer Kleidung kann man sofort erkennen, dass wir es gerne bunt und auffällig mögen. Schließlich sind wir Wichtel und Elfen die kleinen Helfer des Weihnachtsmannes.

Ja und der Mann in seiner rot/weißen Kleidung, der runden Nickelbrille und dem gütlichen Lächeln, der schon seit …, ach … schon vor einer Ewigkeit das Rasieren aufgegeben hatte und sich so einen Vollbart wachsen ließ, das ist unser Chef, Santa Claus oder auch je nach Land und Brauch Weihnachtsmann, Père Noël, Papá Noel oder Noel Baba, Joulupukki, Djed Mraz oder Mele Kalikimaka genannt wird.

Der Unterschied zwischen mir und Santa Claus ist, dass ich morgens um fünf Uhr wach werde und mein Körper "hui" sagt, während Santa sich noch mal umdreht und meint:

»Was soll der Scheiß, so früh aufzustehen… ich hab doch den ganzen Tag Zeit.«

Benjamin Franklin ist jeden Morgen um fünf Uhr aufgestanden, um ungestört Bürgermilizen zu planen, die Verfassung der USA zu entwerfen und den Blitzableiter erfinden zu können. Auch der Philosoph Immanuel Kant stand um diese Zeit auf, um eine Pfeife zu rauchen, zu meditieren und sich seiner Erkenntnistheorie zu widmen oder sich einfach eine Redewendung auszudenken wie: Wer sich zum Wurm macht, soll nicht klagen, wenn er getreten wird.

Auch ich bin ein Frühaufsteher, leide aber nicht unter dem Zwang der Morgenarbeit. Denn der frühe Vogel gilt als fleißig und diszipliniert.

So bin ich jeden morgen früh hoch, mit klaren Gedanken, Zielen, Plänen, meiner Selbstdisziplin und der Zeit, die ich für mich habe. Um diese Uhrzeit kann ich Sachen schaffen, die sich fantastisch anfühlen, die mich nach vorne bringen und mich stolz werden lassen, die mich aktiver machen und ein höheres Leitungsvermögen und Verantwortungsgefühl geben.

Was am wichtigsten ist, muss zuerst getan werden. Denn tagsüber drängen sich immer mehr wichtige Dinge in den Vordergrund, die erledigt werden müssen.

Während Santa sich noch seiner Bettflucht widmet, tief in einen Traum versunken ist, bin ich schon geistig am Arbeiten. Eine Bestandsaufnahme muss durchgeführt werden, um zu sehen, ob wir im Zeitplan sind. Gegebenenfalls müssen einige Aktivitäten neu koordiniert, einige Elfen und Wichtel umgesetzt werden.

Eine Arbeit, die sich dadurch auszeichnet, dass man kurzfristig die richtige Entscheidung trifft und auch die Verantwortung für die Umsetzung übernimmt. Es ist ein physisch und psychisch anstrengender Job, der mich immer wieder bis aufs Äußerste fordert.

1. Santinale, ein weihnachtliches Sportereignis

An diesem Morgen erwachte ich mit dem seltsamen Gefühl der Freunde und der Zuversicht. Kein Wunder, es war Heiligabend und wie jedes Jahr, der wichtigste Tag in unserem Unternehmen und zugleich auch er stressigste. Ein Blick auf die Uhr verriet mir, es war erst vier Uhr fünf. Etwas zu früh zum Aufstehen dachte ich mir. So lag ich im Bett und genoss die Ruhe. Niemand nervte mich, kein Rufen, kein Reden, kein Fragen, nicht mal das Leben kam mir in die Quere. Doch dann zerfiel ich in einen Traum.

Jedes Jahr im Dezember findet das Fest der Santinale statt, ein Wettkampf um sportliche Leistungen. Der Gewinner darf am Heiligen Abend Santa Claus bei seiner nächtlichen Aktion begleiten, wenn die Kinder mit all den schönen Spielsachen beschenkt werden. Für alle ist es der Traum schlechthin, einmal mit ihrem Santa Claus ganz alleine die Geschenke auszuteilen.

Einen Tag vor Heiligabend ist das Finale dieses Wettkampfes. Die letzten drei übrig gebliebenen Teilnehmer kämpfen um den Sitzplatz neben Santa auf den Schlitten. Nach dem Wikinger-Schneeschach, dem Schneebilder treten, Schneefußball, der

Pisten-Kellnerei und dem Snow-Kegeln, waren nur noch zwei Ausscheidungsdurchgänge zu bewältigen, das Schneeschuhlaufen im kniehohen Schnee und das Rodeln auf aufgepumpten Lkw-Schläuchen, die das Aussehen eines übergroßen Bagel hatten, eines typischen amerikanischen Backwerkes.

Während die Teilnehmer schon mal ihre Schneeschuhe für die nächste Disziplin bereitlegten, sich dann mit den Schläuchen auf den Weg hinauf zur Oberfläche des Hangs machten, fragte ich:

»Na klingelt da was bei dir?«

»Wobei?«

»Na dabei«, wobei ich auf die Schläuche hindeutete.

»Ach das, ja ... Father Christmas hatte mal von einem seiner weihnachtlichen Touren solche XXL-Schläuche mitgebracht«, antwortete Santa und schwelgte dabei in kindlicher Erinnerung. Dabei standen wir zusammen mit all den anderen Elfen und Wichteln hinter der Absperrmarkierung und fieberte dem Höhepunkt des sportlichen Events entgegen.

»Mann war das eine Gaudi damals«, fuhr er fort, »als wir allein durch den Hangabtrieb, mit dem Fahrtwind im Gesicht und den Bergen von Schnee vor den Augen, uns den Hang hinunter stürzten. Hach, dabei stand mancher Baum im Wege und Schürfwunden an den Beinen und Armen war das Ergebnis. Manchmal landeten wir auch in Gräben.«

»Ich weiß. Du warst damals gerade zehn Jahre alt und Mother Christmas verstand da kein Spaß. Sie hatte mit Father Christmas geschimpft, dir so ein Geschenk mitzubringen. Es sei doch gefährlich mit so einem Reifen zu rodeln. Sie sind schlecht lenkbar, haben keine Bremse und überall stehen Bäume, wo man gegen prallen und sich verletzen könnte, hatte sie gesagt.«

»Ja Mom war schon immer leicht besorgt um mich.«

»Stimmt, das war sie! Aber sei froh, dass er dir nicht so ein Schlauch von einem Monster-Truck-Reifen mitgebracht hatte, da hättest du allein schon eine Leiter gebraucht, um aufzusitzen.«

»Das wäre doch der Hammer, ein Brüller, ein absoluter Knüller. Da hätte man mit mehreren drauf sitzen und über den Schnee rotieren können. Über den Berghang abheben, fast schwerelos durch die Luft schweben, dabei an nichts zu denken und dann wieder sanft und weich wieder auf den schneeverwehten Boden aufsetzen und dahin gleiten, wie ein Curlingstein auf Eis. Wow, da hätte man so richtig Spaß inne Backen gehabt.«

»Na von Gleiten kann man da wohl kaum sprechen, die Dinger sind aus Kautschuk und da Kautschuk auf Schnee schlecht bremst, werden sie extrem schnell. Aber ich meinte nicht die Reifen, ich dachte eher an die Schneeschuhe, nur sahen sie damals ein klein wenig anders aus.«

»Ach die Dinger meintest du. Ja die sahen früher aus, wie überdimensionale Tennisschläger. Dad hatte sie aus einer gebogenen Holzleiste gebastelt und sie mit einem Ledernetz versehen. Mit zwei Riemen konnte man sie an den Füßen festbinden. Mann sah das bescheuert aus, wenn wir durch den hohen Schnee um die Wette liefen.«

»Manchmal sahst du aus, wie der übergroße Grizzlybär aus dem Himalaja Gebirge.

»Du meinst wie die Jedis?«

»Nein wie der Yeti. Die anderen sind Star Wars Ritter mit Lichtschwertern.«

»Denkst du, ich könnte das heute noch?«

»Was?«

»Na an so seinem Wettrennen teilnehmen? Mit dem Schlauch den Berg herunter sausen, das ist nichts anderes, als wenn ich mit Rudolph unterwegs bin. Da müssen wir auch immer wieder irgendwelche Pisten herunterjagen und mit den Schneeschuhen um die Wette laufen?, man wie oft latsche ich durch kniehohen Schnee um die Häuser der Kinder zu besuchen.«

»Wer? Du willst ...?«

»Ja was schaust du mich so an, natürlich ich. Das ist, wie Fahrradfahren. So was verlernt man nie.«

»In deinem Alter?«

»Nun auch in alten Kirchen wird noch die Messe gelesen.«

»Ja aber alte Kirchen sind oft baufällig.«

»Nicht baufälliger, als andere Gebäude auch.«

»Mit dir zu diskutieren«, schüttelte ich den Kopf, »ist wie mit einem Schlitten bergauf zu rodeln«

»Irgendwie kribbelt es in meinen Fingern, wieder mal auf so einen Schlauch zu sitzen und solche Schneeschuhe unter den Füßen zu haben. Ich werde mal nachfragen, ob ich da nicht mitmachen kann«, und ehe ich überhaupt einen Einwand erheben konnte, war Santa Claus im Schatten der umliegenden Tannen verschwunden.

Da Santa sich von uns Elfen und Wichteln dadurch unterscheidet, dass er eine ganze Kopflänge größer ist, müsste er aus dem Pulk der hier anwesenden Zuschauer wie ein Riese herausschauen. Doch so sehr ich auch meinen Blick schweifen ließ, ich konnte ihn nicht entdecken.

So verließ ich mich auf das wSK, auf das weihnachtliche Santinale Komitee, die ihn schon darauf hinweisen werden, dass dies ein Wettstreit ist und kein Kinderspielplatz. Außerdem wäre es viel zu gefährlich für ihn. Nicht auszudenken, wenn ihn heute was passieren wurde, so kurz vor Heiligabend. Nein, nein gleich wird er wieder neben mir stehen und sich erstmal bei mir über den Sportausschuss beklagen.

Derweil ließ ich mich von einem Gespräch eines männlichen Wichtels und einer weiblichen Elfe ablenken, die direkt neben mir standen. Na ja, es war mehr ein eindimensionales Geständnis eines Feuergefangenen, der durch eine situationsbedingte, charmante Begegnung versucht ein sinnliches Gespräch zu führen, um damit einfach seine Zuneigung zu offerieren.

»Rose des Abendlandes«, sprach er. »Habe ich dir schon gesagt, wie toll du aussiehst?«

»Lenke nicht ab«, entgegnete sie ihm.

»Sei doch nicht so abweisend, das war ein Kompliment. Wir sind doch Freunde oder?«

»Ich wusste gar nicht, dass wir Freunde sind.«

»Ja, das ist eben der springende Punkt, wir beide könnten mehr als nur Freunde sein. Vielleicht sollten wir zusammen mal essen gehen, bei Gusteau, dem Gourmet Wichtel. Oder lieber einen romantischen Kuschelabend vor dem Kamin auf einem Eisbärenfell?«

»Auf einem Eisbärenfell, na tolle Wurst und wo willst du so ein Fell hernehmen?«

»Na ja ich wollte damit nur ausdrücken, dass ich Weihnachten mit dir verbringen möchte. Es muss auch kein Bärenfell sein, ... ein Bett tut es auch.«

»Das kannst du vergessen. Du bist nicht mein Typ.«

Plötzlich, die lautstarke Ankündigung der gegenwärtigen Disziplin. Oben auf dem Hang standen sie, hielten ihre Arme in die Höhe und wedelten damit. Einer wie der andere ist der Meinung, als Sieger herauszutreten, doch jeder weiß, dass nur zwei ins Finale kommen werden.

Sämtliche Elfen und Wichtel jubelten und freuten sich, schmissen ihre Zipfelmützen in die Luft und fingen sie wieder auf. Es wurde geschrien, gerufen und angefeuert. Alle hatten schon ihre eigene Vorstellung des Favoriten.

Doch plötzlich gesellte sich eine vierte Person zu den Wettkämpfern und unverkennbar mit dem roten/weißen Outfit und dem Rauschebart, war es tatsächlich Santa. Er hatte das Komitee also doch überreden können. Tja wer wird Santa Claus schon was abschlagen? Keiner! Er ist der Chef hier! Der Spaß steht im Vordergrund. Hoffentlich behindert er jetzt nicht die anderen.

Schlagartig wurde es ruhig, als man ihn erkannte. Stille, Hochspannung, hunderttausend Volt lagen in der Luft. Alle schauten den Hang hinauf, und während die drei möglichen Finalisten hinter ihren Lkw-Schläuchen standen, befand sich Santa davor.

Er war schon früher immer der Meinung, dass man beim Rodeln auf dem Rücken liegen muss und dass man durch Beindruck und Verlagerung des Oberkörpers das Gefährt lenken könnte.

Die Spannung bis zum Startschuss stieg spürbar, auch bei den Teilnehmern. Es sind Wiederholungstäter, die letztes Jahr schon versucht hatten, den Platz neben Santa zu ergattern. Sie haben für die heutige Disziplin auf Wegen, Pfaden und Hängen hart trainiert und das früh morgens, mittags und spät abends.

Dann der Startschuss und als die Drei sich mit einem kräftigen Schwung, bäuchlings, mit dem Kopf nach vorne, auf die Schläuche warfen, um im Liegen eine höhere Geschwindigkeit zu erreichen, ließ Santa sich einfach rückwärts fallen.

Schon brausten die vier aufgepumpten Schläuche den Hang herunter und es schien so, als würden alle vier gleichzeitig den Zieleinlauf passieren.

Doch dann änderte sich das Bild. Santa lag mit dem Rücken auf dem Reifen, fing an durch Körperbewegungen den Reifen in der Spur zu halten. Dabei rutschte er mit seinem Hinterteil tief in die Reifeninnenöffnung.

Während die anderen die Zielgerade erreichten, kam Santa mit seinen Reifen total aus der Spur. Eingezwängt, zusammengeklappt wie ein Gartenstuhl, die Beine und der Oberkörper gen Himmel gerichtet, drohte er in eine Gruppe von Zuschauer zu schlittern.

Es sah aus wie in einem dieser Slapstick-Filme, wo einer im Gästebett lag, dieses in der Mitte zusammenklappte und der Gast nun die Fußspitzen mit den Händen in der Luft berühren konnte.

Sofort liefen alle zu ihm hin, als der Reifen in einer Schneewehe zum Stillstand kam, stellten ihn auf die Seite und drückten allesamt mit den Schultern das Hinterteil von Santa aus dem Reifen wieder heraus. Plumps machte es und er lag im Schnee. Alle jubelten, lachten, sangen und klatschten, als Santa sich wieder erhob. Sie freuten sich über den Mut, den Santa in seinem Alter noch entgegengebracht hatte und irgendwie waren sie sich einig, dass eigentlich Santa der Gewinner dieser Disziplin war.

Doch dann wurden die beiden wahren Gewinner für dieses Schlauchrodeln bekannt gegeben und die Gewinner bereiteten sich auf das Finale vor, auf das Schneeschuhrennen und als diese nach einer kurzen Verschnaufpause an der Startlinie standen und auf das Zeichen des Starters warteten, gesellte sich auch Santa mit unterschnallten Schneeschuhen zu ihnen.

Kurz darauf fiel der Startschuss und alle drei stampfen durch den kniehohen Schnee.

»Geht mir aus dem Weg ihr Kriecher«, rief Santa, als er losmarschierte. Doch seine Mitläufer waren schon um einige Meter voraus.

Bei diesem Rennen galt es eine vorher gekennzeichnete Strecke abzulaufen und um einen Wendepunkt herum wieder zurückzukehren. Sieger ist, wer das Ziel als Erstes erreicht.

Schwer stampfte Santa durch den Schnee, mussten seine Beine weit hochreißen, da seine Füße aufgrund seines Körpergewichtes trotz der Schneeschuhe immer wieder tief in dem weichen Pulverschnee versanken.

Auf halber Strecke traf Santa seine Gegner, nur waren diese bereits auf dem Rückweg.

»Na geht es noch?«, fragten sie.

»Bin nur ein bisschen müde«, antwortete Santa und blieb für einen kurzen Augenblick pustend stehen. Dabei sah er den beiden hinterher, sah, wie der Schnee sich exponentiell auftürmte, wenn die Läufer ihre Füße jedes Mal anhoben. Dann holte er tief Luft, schaute nach vorne und sah in noch weiter Entfernung den Wendepunkt.

Daraufhin änderte er seine Richtung, drehte sich um und lief den beiden hinterher.

Doch ein Unglück kommt selten allein, als wenn man von einem Katastrophendynamo erwischt wurde. Der Sieger, der um Haaresbreite das Rennen für sich entschied, stand bereits fest, als Santa keuchend kurz vor die Zielgerade über seinen eigenen Fuß stolperte und der Nase lang hinfiel.

Wieder waren sie alle da und halfen ihm aufzustehen, doch vergebens, er hatte sich den Fuß verstaucht. Ausgerechnet heute, wo er doch morgen den braven Jungs und Mädels die Geschenke bringen muss. Sorgen machten sich plötzlich alle. Fällt Weihnacht nun aus? Was werden die Kinder dazu sagen?

Dann auf einmal, die psychologische Kriegführung, das nervtötende Geräusch eines Weckers, der mich aus dem Tiefschlaf riss. Sofort riss ich meine Augen auf und schon der erste Gedanke beim Wachwerden gilt dem kommenden Tagesablauf.

Kopfschütteln überlegte ich, welcher Tag heute ist und was eigentlich passiert sei. Santa ist …, nein …, ich liege hier im Bett und habe nur geträumt, ein böser Traum, ein Albtraum. Deo gratias.

Die Santinale ist bereits beendet, der Gewinner steht fest und Santa hatte nicht an dem Wettrennen teilgenommen.

Eifrig und verantwortungsvoll hakte ich meine weiteren Tagesaufgaben ab und denke über den Tag nach.

Eigentlich ist es ein ganz normaler Tag. Jedoch nicht ganz, denn heute ist ja Heiligabend.

2. Wir Elfen und Wichtel sind es, die Weihnachten zu dem machen, was es ist.

Man kann von einem tiefen seelischen Erlebnis sprechen, wenn man durch einen Wecker aus einem Traum gerissen wird und die Illusion wie eine Seifenblase zerplatzt. Ein angenehmer Geruch, zum Beispiel eines Parfüms, kann den Traum von wundervollen Blumensträußen hervorrufen. Ein Fuß, der unter der Bettdecke hervorragt und kalt wird, kann einen in eine Winterlandschaft versetzen, die man barfuß durchquert. Die herunterrutschende Decke wird als Lawinengefahr oder als Bergrutsch nachempfunden und ein heruntersinkender Arm als ein Sturz aus größerer Höhe.

Selbst Perfektionisten wie ich, die nach Vollkommenheit streben und nicht abschalten können, werden hin und wieder von Albträumen heimgesucht. Nicht, dass ich dadurch an meiner Unvollkommenheit zweifel, nein, aber "Das Bessere ist der Feind des Guten". Schließlich kann man einer Puppe statt Beine, keine Reifen anmontieren.

Langsam schlug ich die Bettdecke zurück, erhob mich wehmütig, ging zum Fenster und riss die Gardine auf. Es war noch dunkel draußen, na ja dunkel, dunkel ist es hier um diese Jahreszeit den ganzen Tag. Nur der Mond hatte die Beleuchtung übernommen und erhellte ein wenig die verschneite Landschaft.

Das Datum auf dem Kalender schreit es heraus, heute ticken die Uhren anders, denn heute ist ein ganz besonderer Tag. Viele Menschen stehen früh auf, um den Tag mit einem ausgiebigen Frühstück zu beginnen. Danach ist Eile geboten, denn die letzten Lebensmittel für das opulente Festtagsmahl müssen noch eingekauft werden, nicht zu vergessen den bestellten Truthahn, die Gans oder die Ente abzuholen.

Der Weihnachtsbaum muss noch prunkvoll geschmückt werden, mit Strohsternen, echten Kerzen, glitzernden Christbaumkugeln, Tannenzapfen, getrockneten Zitrusscheiben, Lebkuchen, Glöckchen, Schleifen, Engelshaar und anderen Schmuckelementen und nicht zu vergessen, die Geschenke, sie gehören unter den Baum.

Jetzt das Essen vorbereiten, sich hübsch machen und tolle Klamotten anziehen, den Hund noch mal Gassi führen und wenn es die Zeit erlaubt, den Gottesdienst besuchen, um die Hände zu falten, die Stille zu genießen, aufzutanken und um einfach geistige Nahrung zu erhalten.

Selbstverständlich kann man sich solche Aufgaben auch teilen, während die Frau mit Kind und Hund eine größere Runde dreht, kann der Mann bereits den Weihnachtsbraten grillen, es sei denn, man ist Angehöriger der Kartoffelsalat-mit-Würstchen-Fraktion.

Mir geht es nicht viel anders heute, nichts darf schiefgehen, denn schon die kleinste Verzögerung wurde unweigerlich zu einem Chaos führen. Alles muss vorher kontrolliert werden. So verließ ich mein Heim und befand mich nach gut zwanzig Schritten im Stall der Rentiere.

»Hallo Dasher, Dancer, Prancer, Vixen, Comet, Cupid, Donner und Blitz «, rief ich den Tieren zu. »Wow seht ihr alle gut aus, ja und auch du Rudolph, siehst heute ganz besonders gut aus.«

»Böäääh«, antworten die Rentiere, was sich sehr zufriedenstellend anhörte, aber auch heißen könnte: Ein schöner Teller macht nicht satt. Dabei leuchtete Rudolphs Nase Rot, so rot wie das Kostüm von Santa Claus. Seine Nase hat es in sich, denn immer wenn sein Herz vor Aufregung schneller schlug, fing sie an zu leuchten. Ich streichelte seine Nase, worauf er ein keuchendes und pfeifendes Schnauben von sich gab, was soviel wie fröhliche

Weihnachten heißen könnte, aber auch: Nun geh endlich weiter.

Plötzlich ging die Tür auf und Wichtel Nereus, der Rentier-Knecht kam herein. Ohne sich lange umzusehen, rief der den Rentieren zu:

»Hallo Jungs. Verdammt kalt draußen, aber was soll es. Euch hängt bestimmt schon der Magen in den Kniekehlen«. Dann bemerkte er mich:

»Guten Morgen Melvin«, ging dabei schnurstracks zur Futterkiste und stellte das Fressen für die Tiere zusammen. Silage, kräuterreiches Heu und saftige Rüben wurden gerecht in den Futtertrögen verteilt.

»Gib den Tieren noch eine große Portion Strauchflechten, denn heute ist ein besonderer Tag«, erwähnte ich.

»Klar sollen sie haben. Wow, was für ein Festtagsmenü, wie Spaghetti-Eis mit extra Erdbeersoße.«

Eine kurze Weile sah ich der Fütterung noch zu, und kurz bevor ich gehen wollte, führte Nereus noch an:

»Ich werde gleich die Felle der Rentiere noch so lange striegeln und bürsten, bis sie kupferfarben schimmern und die Geweihe werde ich mit Fett einreiben und polieren, sodass sie nur noch so im Mondlicht glänzen.«

»Tu das, darüber wird sich Santa bestimmt freuen. Nur sei rechtzeitig fertig, es dürfen keine Verspätungen eintreten.«

Daraufhin verließ ich den Rentierstall und ging zum Funkortungsgebäude. Hier gibt es Räume mit diversen Bildschirmen, wo man mit Hilfe von Satelliten und zirkularen Antennen Kinder auf der Erde beobachten kann, um festzustellen, wann sie aufwachen und ob sie auch brav gewesen sind.

Ein anderer Raum dient dem aktuellen Wetter und der Prognose für die nächsten Stunden und Tagen. Auch hier diverse Bildschirme und Radargeräte, auf dem Niederschlagsfelder in verschiedenen Farben dargestellt werden. Für jeden beliebigen Punkt auf den Karten kann man die aktuellen Messwerte wie Temperatur, Windrichtung, Windstärke, Windströmung, Außenfeuchte, Luftdruck, Regen und Schnee in den letzten Tagen und in der letzten Stunde sowie Wolkenhöhe und -dichte abrufen.

Skip der Funkwichtel kam auf mich zu:

»Morgen Melvin«, sprach er. »Perfektes Flugwetter auf Startbahn 17/19.«

»Na wunderbar«, erfreute es mich. »Letztes Jahr hatte es so dicke Flocken geschneit, dass Santa vom Kutschbock aus nicht mal mehr die Rentiere sehen konnte.«

»Da hatte auch Rudolphs rote Nase nicht viel genützt, aber er hatte trotzdem den Weg zu den Kindern gefunden. Er war schon öfters mal spät dran, aber letztendlich ist er immer rechtzeitig fertig geworden.«

»Ja das stimmt.«

»Übrigens, ich habe gestern einen Konkurrenten gesehen.«

»Einen Konkurrenten? Es gibt keinen Konkurrenten von mir.«

»Nicht von dir, vom Chef.«

»Vom Chef? Es gibt auch keinen Konkurrenten von Santa.«

»Ja klar das weiß ich! Aber da war wirklich einer, der trug einen ganz normalen Mantel, um nicht erkannt zu werden. Nur seine rote Hose und die schwarzen Stiefel mit hellem Fellbesatz schauten unten heraus und daran habe ich ihn sofort erkannt.«

»Und wie kommst du darauf, dass es ein Konkurrent sein sollte.«

»Er trug auch so einen Bart. Na ja … der war zwar nicht mehr so ganz weiß, auch nicht altweiß oder beige, ne …, ne der war gelblich, so elfenbeingrau-bräunlich und …, der war genauso lang, wie der vom Chef.«

»Ein Bart symbolisiert noch lange nicht eine Figur des weihnachtlichen Schenkens.«

»Das ist mir auch klar, aber er trug außerdem noch einen Stock über der Schulter, an dem ein Bündel befestigt war. Wahrscheinlich waren da die ganzen Geschenke drin und mit dem ging er schnurstracks in die Bahnhofsmission.«

»In die Bahnhofsmission?«

»Ja in die Bahnhofsmission!«

»Mann, dann war das sicherlich ein Obdachloser.«

»Ein Obdachloser, meinst du? Hm …, er sah eigentlich genauso müde aus, wie der Chef. Allerdings hatte er Schorf im Gesicht, was der Chef wiederum nicht hat und auch seine Schuhe gaben beim Gehen schmatzende Geräusche von sich, was ich beim Chef bisher auch noch nicht gehört hatte. Aber seine Hose, die war doch …«

Ich unterbrach sein Redefluss, indem ich demonstrativ auf die Uhr schaute, denn es wurde allmählich Zeit ins Logistikzentrum zu gehen. Dort befand sich nicht nur die Kantine, wo ich mir schnell noch einen Becher heiße Schokolade mit Orangengeschmack und Sahnehäubchen auf dem Weg besorgen konnte, sondern auch die Werksanlage für die Spielzeugherstellung und der Tagungsraum für das heutige Symposium.

Mit dabei waren heute bei der Konferenz: der Stoffguffel Juan, der Gestalter für das visuelle Marketing Jan Morrow, die Send-to-Klaus-Postelfe Kristeen, der Logistikkoordinator Kuli, der Schlitten Doktor Michel und der Mechanik-Imp George. Sei alle waren schon da und diskutieren fröhlich über den Verlauf des vergangenen Jahres.

Einziger der fehlte war Santa Claus. Er schien noch zu schlafen, wahrscheinlich meint er durch ein gezieltes Schläfchen, die kommende Nacht wacher zu erleben, also weniger müde zu sein. Allerdings, und das sollte Santa wissen, ist der Schlaf kein Akku, den man mit vorschlafen aufladen kann.

Ich erhob die Hand und bat damit ums Wort.

»Heute ist unser letzter Arbeitstag, bevor der Betrieb bis zum Dreikönigstag geschlossen wird. Wir haben Gutes geleistet und werden morgen unseren Urlaub mit einem verspäteten Wintersonnenwende-Grillfest beginnen. Das wird ein idealer Winterspaß hier am Nordpol werden.«

Plötzlich ging die Tür auf und Santa kam herein:

»Entschuldige meine Verspätung, aber ich konnte heute Morgen einfach nicht wach werden. Die halbe Nacht habe ich nur so da gelegen und kein Auge zugemacht. Der Schlaf wollte einfach nicht kommen, und als er kam, wollte er mich einfach nicht loslassen. Aber ich will hier kein Vortrag über Schlafstörungen halten. Lasst euch nicht aufhalten. Ich werde mich hier in die Ecke setzen und ein wenig zuhören.«

Er nahm sich ein Stuhl, stellte ihn ein wenig abseits und setzte sich.

»Uaaah«, gähnte er noch und schloss dann seine Augen.

»Gut auch ich will keine großen Reden schwingen«, fuhr ich dann weiter fort, »denn wir haben noch einiges vorzubereiten bis zum Abflug. Also machen wir es kurz. Gibt es etwas Wichtiges, über das wir heute noch reden müssen?«

Melvin schaute sich im Kreise der Anwesenden um, doch keiner meldete sich zu Wort, alle schüttelten leicht den Kopf, bis auf die Send-to-Klaus-Postelfe, die zögernd sprach:

»Ich habe hier noch ein paar ausgefallene Bitten, die noch kurzfristig hereingekommen sind und noch realisiert werden müssten.«

»Okay, was sind das für ausgefallene Bitten?«

»Per E-Mail ist heute noch die Bestellung eines Mädchens eingegangen, dass unbedingt noch dieses Jahr zu Weihnachten eine rülpsende Babypuppe mit Sabberkartusche haben möchte und von einem Jungen der Wunsch nach einem Parfüm-Set zum selber mixen, damit er für seine allerliebste Freundin Tina ein Erdbeere-Himbeere-Parfüm mischen kann.«

»Mannomann, was die sich heutzutage alles wünschen«, bemerkte Logistikkoordinator Kuli. »Früher war es einfacher mit den Kindern, die haben sich Fahrräder, Schlitten, Holzklötze oder Glanzbilder mit Glitter und so gewünscht. Heute muss es was Ausgefallenes sein, eine rülpsende Puppe, ein Parfüm-Set. Ich weiß nicht, ob dass alles so seine Richtigkeit hat.«

»Hey, wir haben nicht nur den besten Boss der Welt, der sogar einer der größten Persönlichkeiten ist, nein wir haben auch den besten Job der Welt. Wir stellen Spielzeug her, jede Art von Spielzeug. Damit verbreiten wir Freude unter den Kindern, was gibt es da zu meckern?«

»Ja ich weiß nicht, irgendwie gerät alles außer Kontrolle, es macht keinen Spaß mehr.«

»Hör zu, du bist ein Heinzelmännchen …«

»Halt stopp«, unterbrach er mich. »Ich bin kein Heinzelmännchen, auch kein Kobold, kein Gnom, kein Gremlin, kein Troll und auch kein Pixie, ich bin ein Wichtel. Ich bin Wichtel Kuli der Koordinator für die Planung, Abstimmung, Durchführung und Kontrolle des Güterflusses. Ich bin auch kein Transport, Umschlag oder Lagerist, ich bin das Supply Chain Management, das Original.«

»Wow! Braucht das Original etwa ein Taschentuch?«

»Ein Taschentuch? Wozu?«

»Na, um vielleicht deine Tränen abzuwischen.«

»Oder zum Nasebohren«, mischte sich Jan Morrow ein, woraufhin alle anfingen zu lachen.

»Eine Popeltüte für den Popelteppich«, warf Schlitten-Doktor Michel ein, worauf George der Mechanik-Imp spöttisch meinte:

»Aber nichtsdestotrotz fließt aus der Nase immer noch ... kein Honig«.

Und wieder finden alle an, zu lachen. Ein kindisches Lachen, ein Lachen, das die Immunabwehr stärkt und gute Laune macht. Meistens kann man sich vor lauter Lachen kaum halten, es sei denn, man ist die Lachnummer.

»Sehr witzig«, bemerkte Kuli und saß bekümmert da.

»Okay, Supply Chain Management und auch Kollegen und Kolleginnen. Kommen wir zurück zu unserem Thema. Wir sind alle Elfen und Wichtel, das waren wir immer schon und werden es auch immer sein. Unsere Aufgabe ist es nun mal, Freude bei den Kindern zu verbreiten. Wir ..., wir sind es, die Weihnachten zu dem machen, was es ist.«

»Ja genau«, stimmten alle ein.

»Also schreibe den Kindern, dass die Anfragen eingegangen sind und das die gewünschten Bestellungen zurzeit nicht lieferbar wären. Es möge nächstes Jahr noch mal nachfragen. Ich hoffe, dass die Kinder bis dahin vernünftiger geworden sind. Was gibt es sonst noch?«

»Hier ist noch ein Brief von einem Tommy«, meldete sich die Send-to-Klaus-

Postelfe Kristeen zu Wort. »Er schreibt: *Lieber Santa, meine Mama sagt immer, dass ich nicht mal mehr die Hälfte meines Verstandes habe, wie bei meiner Geburt. Also muss ich im Laufe der Zeit die eine Hälfte irgendwo verloren haben. Kannst du sie mir rechtzeitig zu Weihnachten wiederbringen?* Oder hier die E-Mail einer Sechzehnjährigen.«

»Was? Einer Sechzehnjährigen? Die glaubt noch an den Zauber der Weihnacht?«, bemerkte Stoffguffel Juan.

»Na ja, unter gewissen Voraussetzungen vielleicht. Sie schreibt: *Wie du sicherlich weißt, bin ich ein Schussel und vergesse immer mal wieder etwas. Diesmal habe ich die Pille vergessen und die Pille danach auch. Also ich bin wohl oder übel schwanger, habe sogar eine Bescheinigung vom Arzt. Ich will dieses Jahr keine Geschenke von dir, möchte nur, dass du Heiligabend meinen Eltern erzählst, dass sie Oma und Opa werden. Ich werde mich solange in meinem Zimmer einschließen, bis sie sich abreagiert haben. Mann irgendwie ist das cool, jetzt brauch ich keine Puppen mehr zum Spielen, jetzt habe ich ein echtes Baby.*«

»Hm … ein sehr bemerkenswerter Wunsch«, bemerkte ich. »Doch dafür sind wir nicht zuständig, das muss schon jeder selber erledigen.«

»Ja und heute Morgen in aller Frühe kam noch eine Eilzustellung einer Achtjährigen rein. Sie hatte sich letztes Jahr zu Weihnachten einen aufziehbaren Frosch gewünscht und auch erhalten. Das ganze Jahr hatte sie es ausprobiert, aber es hatte nicht funktioniert. Es kommt einfach keiner. Wahrscheinlich ist es der Verkehrte und sie möchte jetzt den Richtigen haben, einen den sie als Prinzessin küssen kann und der dann zu einem Prinzen wird.«

»Was?«, erstaunte es Santa, der plötzlich und schlagartig von seinem Einnicken wieder erwachte. »Solche Frösche haben wir?«

»Natürlich haben wir solche Frösche nicht«, erwähnte Schlitten-Michel. »Es gibt solche auch nicht. Das ist nur eine Fantasiegeschichte, eine verharmlosende Veränderung des Märchens "Der Froschkönig". In Wirklichkeit erfolgt die Rückverwandlung dadurch, dass die Prinzessin den Frosch an die Wand wirft und Plumps, da war er.«

»Wie unangenehm, das muss doch wehtun.«

»Ja und irgendwann wünschen sich die Kinder …«

»Okay, okay, okay«, wandte ich mich an alle. »Wenn wir weiter nichts zu bereden haben, dann schließe ich die Sitzung für heute. Schließlich haben wir noch eine ganze Menge zu erledigen, bis der Countdown anläuft. Also ran an die Arbeit. Ich erwarte höchste Priorität.«

3. Verwirrung im Raum der Geschenke

Als Letzter verließ ich zusammen mit Santa das Symposion, ging durch die Werkshalle zur Kantine, um mir noch eine von dieser herrlichen heißen Schokolade zu gönnen. Früher war Elfe Elif für die Getränke der Mitarbeiter zuständig. Sie hatte die heiße Schokolade immer noch mit einer Prise Zimt und einer Messerspitze Kardamom verfeinert. Das gab der Schokolade eine ganz persönliche Note. Seit sie aber mit Santa verheiratet ist, hat Elfe Anni den Job übernommen und hat somit auch ihr eigenes Rezept für die Zubereitung gestaltet. So stand ich am Tresen und rief:

»Elfe Anni?«

»Ja?«, rief sie lautstark aus der Küche zurück.

»Kannst du uns zwei heiße Schokoladen machen?, für mich wie immer mit nur zwei Stück Zucker bitte.«

»Kommt sofort.«

Der Name Anni bedeutet die Begnadete, die Anmutige und ist eine Variante des Namens Anna. In der Bibel ist Anna die Mutter Marias und in der ursprünglichen lateinischen Form eine Ableitung von Hannah.

»Wenn doch alles bestens ist, warum siehst du denn so aus, als hättest du Bauchschmerzen?«, fragte ich Santa.

»Ach weißt du, in diesem Jahr scheint die Stimmung nicht gut zu sein«, bemerkte er, stand dabei angelehnt, mit dem Ellenbogen auf der Tresenplatte stützend neben mir.

»Aber du bist für die Stimmung zuständig«, antwortete ich und schaute dabei zu ihm hinauf.

»Ich glaube, ich bin zu alt für diesen Job.«

»Zu alt? Na ja alt bist du schon, aber für die Menschen unsterblich. Ein bisschen musst du noch durchhalten, bis dein Sohn Little Santa soweit ist.«

»Hm …, hm …«

»Ich mein das natürlich positiv. Du weißt doch: wahre Worte sind nicht immer schön, aber schöne Worte sind auch nicht immer wahr.«

»Ich habe manchmal das Gefühl, dass die Menschheit Weihnachten nicht mehr mag, dass sie sich zur Heiterkeit gezwungen fühlen, dass sie sich beim Familientreffen langweilen. Ich glaube sie wissen einfach nichts mit sich anzufangen.«

»Das ist Quatsch. Es gab schon immer Leute, der Weihnachten nicht mochten. Dagobert Duck zum Beispiel, der war ein Festtagsmuffel und meinte: Weihnacht liegt mir nicht. Ich kann niemanden leiden und mich kann auch niemanden leiden. Ebenezer Scrooge, der alte grantige Geizhals mochte auch keine Weihnachten. Er hielt Weihnachten für einen geld- und zeitverschwendenden Humbug. Oder das Weihnachtsekel, das jedes Jahr vor dem Fest in seine Berghütte flieht, um von dem alles nichts mitzubekommen, bis er im tiefsten Schneegestöber sein Auto in den Graben setzte und in einer Scheune Unterschlupf fand.«

»Was Dagobert Duck mochte keine Weihnachten?«

»Nein, der backenbärtige Erpel war allgemein ein Griesgram.«

»Hm …, hm …«

»Vielleicht solltest du dich noch ein bisschen hinlegen, dich ein wenig ausruhen, um neue Kräfte zu sammeln, damit du zum Countdown fit wie ein junges Reh bist. Du weißt doch: Ein rollender Stein setzt kein Moos an.«

Derweil kam Elfe Anni mit zwei dampfend heißen Bechern aus der Küche, dessen Geruch von gerösteten Macadamianüssen, fruchtigen Beerenfrüchten, feinem Marzipan, edlen Zedernhölzern, orientalischen Gewürzen und einer ausgewogenen Orangeblüte mir in die Nase stieg.

»Hallo Santa«, rief sie, »Hallo Melvin, hier eure heiße Schoki, mit nur zwei Stück Zucker.«

»Unsere …? Äh …, danke.«

Ja die Sprache der Jugend hat auch hier am nördlichsten Punkt der Erde Einzug gehalten, um sich wahrscheinlich von den Älteren abzugrenzen. Eigentlich ist es gar keine richtige Sprache, wohl mehr eine jugendspezifische Besonderheit, die sich in sprachlicher, grammatischer, lautlicher und wortbildungscharakteristischer Hinsicht von der eigentlichen Sprache unterscheidet. Nun ja, auch wir Elfen und Wichtel werden hier immer zeitgemäßer.

Als harmonisch perfekte Beilage und für den besonderen Verwöhnmoment lagen auf den Untertellern selbst gebackene Kekse. Ich legte meinen zu dem von Santa, weil Kekse ja sein Leibgericht sind. Bei ihm dreht sich alles um Kekse, am besten mit Milch, Kekse und Milch, Milch und Kekse. Deswegen ist er wohl auch so …, na ja so …, so leicht adipös, wie der ehemalige Fußballfunktionär, der Essexperte, der in der

Kochshow "Gute Argumente mit vollem Mund" auftrat.

»Fällt euch was an mir auf?«, fragte Elfe Anni nach geraumer Zeit.

Nicht das wir männlichen Wesen pauschalblind sind, oder eingleisig Denken, aber manche Veränderungen fallen uns einfach nicht auf, weil sie nicht gravierend genug sind. Man sagt, dass selbst wenn Frauen zwanzig Kilo zunehmen würden, sie die Brille durch Kontaktlinsen ersetzten, die Langfrisur durch einen Kurzhaarschnitt verbessern, sich vorteilhafter Schminken, einen anderen Kleidungsstil tragen, man es nicht bemerken würde. Das stimmt aber nicht! Irgendwas würde man schon feststellen und wenn es die Frisur ist.

Da aber auch bei uns die weiblichen Wesen im Allgemeinen eine positive Antwort erwarten, mir aber nichts einfiel, hielt ich mich ein bisschen zurück und ließ Santa den Vortritt.

»Hm …«, überlegte Santa und sprach dann daraufhin: »Könnte es … hm … ne, ich nehme mal an …, hm auch nicht …, aha, ich hab es, du hast eine neue Frisur?«

»Nein!«

»Stimmt, du hast dich blondiert? Man sieht gar keine grauen Haare mehr.«

»Quatsch ich war schon immer blond«, entgegnete sie ihm grimmig.

»Dann hast du abgenommen, ja du hast abgenommen, du siehst perfekt aus.«

»Auch nicht. Ich habe eine neue Bluse.«

»Das hätte ich als Nächstes festgestellt«, entgegnete Santa.

Es war eine Bluse, die einiges zu bieten hatte, vor allem in der Farbe. Die Hibiskusblumen, aber auch die Palmen und das Surfboard lassen erkennen, dass das Design der polynesisch-hawaiianischen Kultur nachempfunden wurde.

»Ich habe sie selbst gestaltet und genäht. Wie findet ihr sie?«

Man könnte jetzt Antworten: Das Outfit lässt dich locker eine Kleidergröße schlanker aussehen, doch das könnte zu Missverständnissen führen und so nickte ich leicht mit dem Kopf:

»Ja … die Bluse ist wirklich … äh … ähm … äh … sehr tropisch«, und da Santa erschrocken über die Farbkombination nur so dastand und den Mund nicht zubekam, fügte ich noch hinzu: »Und wie du siehst, findet es Santa auch. Er hat nur im Moment die Sprache verloren.«

»Ah! Danke sehr«, sagte sie und verschwand hüpfend, von einem Bein auf das andere springend, wieder in der Küche.

Ich nahm meinen Becher, nippte daran und sah zu dem Weihnachtsbaum hinüber, der jedes Mal seinen Platz mitten in der Halle fand und von den Elfen und Wichtel jedes Jahr mit einer besonderen, witzigen, modernen, frivolen Dekoration geschmückt wird.

Fasziniert starrte ich auf die Zweige, die dieses Jahr mit erotischen Glasornamenten geschmückt waren, wie sexy Girls im französischen Dienstmädchen-Outfit, oberkörperfreie Bauarbeiter in Jeans und Helm, Männertorsos mit roten Tangas und weißen Bändchen, sowie auch Frauentorsos in roter verführerischer Korsage mit Strapsen.

Die andere Seite des Baumes wurde ein wenig schlichter gehalten, mit Hotdogs aus Glas zum Aufhängen, Spiegeleier, Pizzastücke, Tüten Pommes frites, Tacos sogar eine Dose Beluga-Kaviar war zu sehen. Auf der Spitze balancierte ein bereits in die Jahre gekommener Engel, der über mehrere Dutzend elektrischer Kerzen thronte, die sich wiederum in den Glasornamenten spiegelten und sie geheimnisvoll glänzen ließen.

Solange es den Brauch des Baumschmückens zur Weihnachtszeit gibt, so lange schon entwickeln sich die unterschiedlichsten Bräuche und Geschmäcker, was den Baumschmuck angeht, besonders wenn man diese gut gewachsene Douglasie ansieht.

Plötzlich ein Krach und ein Poltern. Ein lautstarkes Geräusch, das selbst das wiederholte Quietschen der Kreissäge, das Abziehen des Bandschleifers, das Klopfen, Hämmern und Nageln beim Zusammensetzen einzelner Teile und den schweren hellen Schlag eines Hammers auf einem glühenden Eisen im Raum der Metallgestaltung übertönte.

Es wurde ruhig, still, äußerst still. Alle Werkenden ließen ihre Arbeit stehen, ließen buchstäblich den Hammer fallen und kamen aus den Tischlereien, Ateliers, Schmieden, Schneidereien und Nähstuben herausgeströmt. Sie schauten sich gegenseitig an. Der Tischler wischte sich das Sägemehl aus dem Gesicht, was auf den Augenbrauen und dem Schnurrbart lagerte, der Schmied zog sein Taschentuch aus der Hosentasche und tupfte sich den Schweiß von der Stirn, der Zeichenkünstler lief abrupt seinen Pinsel hinter dem Ohr verschwinden und die Schneiderinnen, sie legten sich behutsam ihr Maßband um den

Hals und hielt es an den Metallabschlüssen fest.

Alle standen sie da und keiner wusste, was geschehen war. Tausend latente Fragezeichen schwebten über deren Köpfe, doch keiner mochte fragen.

Der Krach kam aus dem wichtigsten Raum überhaupt, aus dem Raum der Geschenke. Ich stellte meinen Becher auf dem Tresen ab und lief hinüber. Dort saß Kuli der Logistikkoordinator zusammen mit zwei anderen auf dem Fußboden und sortierte Pakete. Dabei sprach er:

»... ein Buch, Tina den Fahrradhelm, Andy? ... ein Fußball, Melanie? ... Lego und Elisa? Elisa auch Lego. Sandy bekommt die Puppe und Barney die Rennbahn. John bekommt ..., hm ..., was bekommt John? Aja ein Becher mit einem Namen und Sabrina das Playmobil Puppenhaus.«

»Was ist passiert?«, fragte ich.

Erschrocken drehte er sich um, erhob sich mühsam aus dem Haufen von Paketen, Päckchen und Bündeln, machte einen großen Schritt darüber und sprach zu mir:

»Ach weißt du, ich glaub mir ist da ein kleines Malheur passiert.«

»Was für ein Malheur?«

»Nichts, was einem aus den Socken haut.«

»Was haut dich nicht aus den Socken?«

»Na ja, das hier! Ich saß gerade auf meiner Willamette, du weißt doch mein Stapelgabler äh Gabelstapler und war dabei, schon mal die Geschenke für all die Kinder bereitzulegen, damit die Beladung des Schlittens nachher zügiger vorangehen kann. Vor vielen, vielen Jahren, da hatte ich noch die Geschenke einzeln verstaut, aber es wurden immer mehr Kinder auf der Welt geboren, also gab es auch immer mehr Geschenke und so musste ich mir was einfallen lassen, um meinen Zeitplan einzuhalten.«

»Und das hat hier so ein Chaos verursacht?«

»Nein das noch nicht. Wichtel Adam und Elfe Candice fragten mich, ob man tatsächlich durch Gabelstapeln Platz in der Aufbewahrung gewinnen würde. Nun du weißt doch, dass ich gerne wertvolles Wissen und Erfahrungen weitergebe und dass ich es anhand eines Beispieles gerne veranschaulichen und verdeutlichen tue.

So hatte ich zum einen, einen Stapel mit Paketen geschichtet, der gerade mal bis zu einer Armlänge über meinen Kopf reichte. Dann kam der Auftritt mit Willamette, meinem Stapler. Mit ihm hatte ich die Pakete mit den unterschiedlichsten Lasten zu einem Turm gestapelt, der bis unter die Decke ging. Das erfordert mechanisches Feingefühl, physische Geschicklichkeit, visuelle Konzentration und absolute Nervenstärke. Man muss schon ganz genau aufpassen, wenn man mit den Gabeln ein Paket nur an den äußersten Ecken hochnimmt und es diagonal auf ein anderes Paket aufsetzt.«

»Schleiche nicht wie eine Katze um den heißen Brei. Wie ist hier das Durcheinander entstanden?«, bedrängte ich ihn.

»Na ja, du weißt, wie gut ich mit Willamette umgehen kann. Bis unter die Decke hatte ich es nun geschafft. Stolz war ich, stolz auf die Blocklagerung, die ich ohne Regale übereinandergestapelt hatte. Das zu schaffen war richtig Action.«

»Wei ... ter!«

»Ja und dann erzählten mir die beiden, dass ich die Frage wohl falsch verstanden hätte. Es ginge nicht darum durch Stapeln mittels Gabelstapler Platz zu schaffen, sondern darum, ob es sinnvoll wäre große Mengen von Essgabeln platzsparend in einer Besteckschublade übereinander oder lieber nebeneinander einzusortieren. Vor Schreck bin ich dann gegen den Turm gefahren, ja und fiel alles um.«

»Und was hat das mit deinem Gefasel zu tun: Tina den Fahrradhelm, Andy ein Fußball und so weiter, und so weiter?«

»Du hast immer gesagt, wir sollen Santa eine Gedächtnisstütze geben, da es manchmal schwer ist, alle Geschenke auseinanderzuhalten. Der Grafik-Wichtel hat da eine wunderbare Lösung gefunden und süße weihnachtliche Geschenkanhänger entwickelt. Die werden dann das Geschenkband gebunden und garantieren, dass jeder das richtige Geschenk erhält. Allerdings sind mir bei dem Einsturz einige abgefallen und nun versuche ich mithilfe der Wunschliste, die Kärtchen den entsprechenden Geschenken zuzuordnen. Stell dir mal vor, ein Junge, der sich eine Carrera Rennbahn gewünscht hat, erhält auf einmal eine Puppenküche oder ein Kinderwagen. Das geht doch gar nicht.«

»Ich sollte euch für den Übermut einen Denkzettel verpassen, die nächsten vierzehn Tage keine Lebkuchen, kein Spekulatius und auch keine Pfeffernüsse.«

»Vierzehn Tage?, das ist ja eine Ewigkeit«, erwiderte Elfe Candice.

»Wie grausam«, führte Wichtel Adam noch hinzu. »Dann lieber vierzehn Tage als Kackeschaufler im Rentierstall arbeiten.«

»Melvin, das kannst du uns nicht antun«, versuchte Kuli ein Machtwort zu sprechen. »Vierzehn Tage keine Lebkuchen, kein Spekulatius und keine Pfeffernüsse, das ist ja wie …, wie …, na ganz schlimm ist das, böse, niederträchtig oder so. Du weißt, wie sehr wir Gebäck mögen. Es gehört zu uns wie …, na wie die Zipfelmützen, die wir tragen.«

»Verdient hättet ihr es, aber weil heute Heiligabend ist«, ergriff ich das Wort wieder, »weil heute Heiligabend ist, werde ich Gnade vor Recht ergehen lassen und diesen Schlamassel übersehen.«

»Keine Strafe?«

»Keine Strafe! Aber sorgt dafür, dass die Geschenke richtig zugeordnet werden. Ich möchte das keine Fehler passieren.«

Jubelnd rissen Candice, Adam und auch Kuli die Arme hoch und auch deren Artgenossen, die den ganzen Disput mitverfolgt hatten, stimmten spontan mit ein. Ja der Zusammenhalt unter den Wichtel und Elfen ist in jeder Hinsicht endlos.

Ich verließ den Raum der Geschenke und stand daraufhin wieder in der Halle mit dem

Weihnachtsbaum, wo meine Schokolade bereits abgekühlt auf mich wartete. Santa war bereits nach Hause gegangen, um Kraft für den heutigen Abend zu tanken.

Gedankenversunken hakte ich auch diese Aufgabe ab und bewegte mich Richtung Schlitten-Doktor, auch Schlitten-Michel genannt, um zu sehen, ob die Wartungsarbeiten am Schlitten erfolgreich beendet worden sind.

4. SC wir haben da ein Problem

Als ich die Werkstatt betrat, war Schlitten-Michel gerade dabei, einen hydraulischen Rangierschlittenheber am äußersten Rand des Gefährtes gleich hinter den Kufen anzusetzen. Mit einer Hebelstange pumpte er die Arme des Schlittenhebers in die Höhe, um das von nordischen Tieren gezogene Gerät in die Höhe zu befördern. Als zusätzliche Sicherheit stellte er noch zwei Unterstellböcke unter den angehobenen Fahrzeugrumpf.

Danach legte er sich auf ein Rollbrett, ein praktisches und hilfreiches Gerät, auf dem man liegt und ohne Anstrengung unter das Gefährt rollen kann, um Reparaturen am Unterboden durchzuführen. Mit einem Schraubenschlüssel löste er die notwendige Klemmkraft der einzelnen Schrauben, ließ die mittlere Schraube nur angelöst, da sie die Kufe bis zum Schluss halten sollte. Dabei klemmte er sich den Finger und schrie:

»Aaaaiiieee-ai-jeijeijei, Scheißdreck.«

»Hast du dir wehgetan?«, fragte ich schadenfroh, worauf er erschrocken hochschnellte, sich den Kopf an der Kufe stieß, die sich daraufhin an der einen Schraube drehte und gegen seinen Hinterkopf schlug.

Abermals jammerte er:

»Autsch, verdammt noch mal!«

Das Ergebnis war eine kleine Platzwunde. Aufgebracht stieß er sich mit seinem Brett unter dem Schlitten hervor und fasste sich an die Wunde. Etwas Blut kam heraus. Dann antwortete er:

»Nein ich habe mir nicht wehgetan ich blute nur so zum Spaß.«

»Tja ich sag es ja immer wieder, mach langsam und hetzt nicht so.«

Mit einem ölverschmierten Lappen wischte er sich die Spuren seiner Verletzung aus dem Gesicht und hinterließ dabei eine schwarze Fettspur.

»Geht's du neuerdings unter die Metaller, Gothics oder Clowns?«

»Wieso?«

»Oder hast du ein Date mit jemand aus der Schmierstoffbranche, das du dich schon mit Wagenfett schminken musst?«

Er breitete den ölverschmierten Lappen aus, nahm die weniger verschmutze Ecke und wischte sich abermals durch Gesicht. Eine leichte Veränderung trat ein, die ölverschmierte Stelle verteilte sich weiter übers ganze Gesicht. Ungeachtet dessen fragte ich:

»Was machst du da eigentlich?«

»Ich? …, oh … äh, mir vielleicht die Schmiere aus dem Gesicht wischen?, um strahlend und frisch auszusehen?«

»Nein ich meine, warum liegst du noch unter Santas Schlitten? Ich dachte die Wartungsarbeiten sind längst abgeschlossen.«

»Sind sie ja auch. Nun, es ist nicht weiter schlimm ohne Bremsen sicher zu fliegen, auch nicht mit ausgeschlagener Lenkung, dafür hat Santa neun Rentiere, die ihn sicher führen. Er selbst hat auch genügend Erfahrung, den Schlitten blindlings ohne Sicherheitsgurt und Sturzhelm zu bedienen. Außerdem ist er ein ausgelassener und rücksichtsvoller Schlittenführer.«

»Ja und? Was ist nun das Problem?«

»Na ja, durch das KAKS, also das Kufen-Abrieb-Kontrollsystem, welches den Verschleiß der Kufen überwacht, wurde bemerkt, dass die Kufen teilweise durch die Salz- und Matschschicht ganz schön in Mitleidenschaft gezogen wurden. Das beeinträchtigt zwar noch nicht die Flugeigenschaft, aber es wurde darüber hinaus noch ein Haarriss in einen der Laufschienen festgestellt.

Womöglich ist der Schlitten beim Landen einseitig gegen einen größeren Stein oder gegen eine Eisscholle geraten. Das Problem bei Haarrissen in den Kufen ist, man verliert an Sicherheit. Sie haben eine andere Festigkeit, Härte, Sprödigkeit und können bei einer Landung auseinandersprengen. Ich könnte den Riss schweißen und die Kufe im ganzen erhitzen, sodass keine Festigungsunregelmäßigkeiten entstehen. Aber das kostet Zeit, viel Zeit. Schließlich muss die Kufe vollständig wieder ausgekühlt sein, bevor sie wieder montiert wird.«

»Verdammt und das ausgerechnet Heute. Stell dir mal vor, all die braven Kinder würden dieses Jahr nichts zu Weihnachten bekommen, nur weil eine Kufe defekt ist. Das wäre undenkbar.«

»Mal doch nicht gleich den Teufel an die Wand. Schließlich muss man vorher den Stall aufschließen, bevor die Rentiere verschwinden können. Also …, ich habe noch ein paar runderneuerte Kufen gefunden, dessen Unterfläche aufgeraut und mit einer neuen Spur versehen wurden. Gerade eben hatte ich noch mit einem Durchstrahlprüfungsgerät die Metallisierungsdichte und die Oberflächenbeschichtung auf innere Fehler geprüft sowie eine Härtemessung, eine Kontrolle der Temperaturbeständigkeit und einen Wärme-/Kälteschocktest durchgeführt und sie dann noch gleichzeitig bei verschiedenen Witterungs- und Pistenverhältnissen auf die Probe gestellt. Sind einwandfrei, besser als die Alten. Ich muss sie nur noch auswechseln.«

»Na dann lass mal deine Haare wehen. Bis zum Start muss der Schlitten fertig sein und bepackt und abflugbereit in der Produktionshalle des Logistikzentrums stehen.«

»Kein Problem, das schaffen wir schon.«

Ich machte mich auf den Weg zur Startbahn, um mir über den sicheren, verzögerungsfreien und ordnungsgemäßen Zustand des Rollfeldes ein Bild zu machen.

Am Ende der Werkstatt befand sich ein Rolltor, durch das später der Schlitten hinüber zum Raum der Geschenke geführt wird, um dort beladen zu werden. Ich öffnete die im Tor integrierte Schlupftür und sofort wehte mir der Schnee wie ein Nebel ins Gesicht. Mein Atem bildete kleine Wolken in der kalten, kristallklaren Luft, die in immer kürzeren Intervallen kamen, als ich hinaus schritt.

Stampfend schritt ich durch den kniehohen Schnee, lies die Schneeflocken dick und gemächlich vom Himmel auf mich fallen. Ich dachte an die freien Tage, die uns alle bevorstanden und an die Freuden einer Schneeballschlacht, an einer wilden ausgiebigen Schneeballschlacht, die wir ausfechten werden.

Gut, der Schnee darf dann nicht zu pulvrig sein, dann könnte man keinen vernünftigen Schneeball formen, und wenn er zu nass ist, wäre es wie eine Wasserschlacht, wie mit wassergefüllten Luftballons. Das macht dann keinen Spaß.

Bei einer richtigen Schneeballschlacht gehen manche strategisch vor und formen eine ganze Reihe von Schneebällen schon mal vorweg, damit die Munition ja nicht ausgeht. Andere wiederum fertigen ihre Bälle eher spontan, wenn sie das Ziel genauestens angepeilt haben.

Viele meinen sogar, ob man ab einem gewissen Alter nicht zu alt sein, für solche Spielereien, aber warum sollte man dafür zu alt sein. Als Knirps machte man so was ständig, und wenn man älter wird nicht mehr? Warum sollte man nicht auch im gesetzten Alter, sich wie Sprösslinge benehmen und sich mit Schneebällen bewerfen?

Geistesabwesend ging ich meinen Weg, als mich etwas Nasses und Kaltes am Kopf traf und anschließend in den Kragen meiner Jacke rutschte.

»Autsch«, rief ich und hatte das Gefühl, dass meine Gedanken zu offensichtlich waren, dass sie ohne Schwierigkeiten von jeden gelesen werden konnte.

In einigen Metern Entfernung sah ich drei Wichtel, Mika, Elias und Jonne. Sie waren eigentlich dafür zuständig, die Rollbahn in einem Zustand zu halten, dass ein einwandfreier Start des Schlittenexpresses und der Rentiere gewährleistet wird.

Dazu gehört auch das Entfernen des Schneematsches, was zu einem erhöhten Gleitwiderstand der Kufen führen könnte. Doch die Drei standen auf einem der aufgeworfenen Schneewälle, neben der Rollbahn und hatten sich mit Schneebällen bewaffnet.

»Woran hattest du gerade gedacht, als dich der Schneeball traf«, sprach Wichtel Elias.

»An eine Blondine im Nikolauskostüm?«, fragte Wichtel Mika.

»Oder an einen verlassenen Strand und an einem tropischen Drink mit Strohhalm?«, erwähnte Wichtel Jonne und alle fingen an zu lachen.

Ja sie sind immer fröhlich und zu einem Schabernack aufgelegt, der niemand schadet aber immer für Heiterkeit sorgt.

Ich hob eine Handvoll Schnee auf, knetete ihn in meinen Händen zu einer wohlgeformten Kugel und warf sie mit einem Grinsen auf den Lippen einem der Wichtel entgegen. Ich traf den Kopf von Elias. Sofort formte ich ein neues Geschoss, stellte mich in Wurfposition, holte aus und …

Wieder traf mich ein Schneeball, der mich fast von den Füßen riss. Dann aber warf ich, verfehlte jedoch, und ehe ich überhaupt wusste, was los war, wurde ich diesmal gleich von drei Bällen getroffen, die mich buchstäblich von den Füßen rissen und ich in eine der Schneewehen landete.

Die Drei bewaffneten sich wieder mit Schnee, mit losem Schnee, liefen auf mich zu und ich wusste, würde ich jetzt nichts unternehmen, würde sie mich gnadenlos einseifen. Schnell erhob ich mich, grub meine Hand in den Schnee und konnte gerade noch ein Häufchen aufheben, als eine Handvoll Schnee in meinem Gesicht landete und gleichzeitig gefühlte zwei Kilo in meinem Kragen gestopft wurden.

»Nein, nein, das ist unfair«, bemerkte ich und versuchte mich aus den Schneemassen zu befreien. Ich war über und über mit

Schnee bedeckt und musste mich geschlagen geben. Außerdem wurde mir allmählich kalt.

»Hört auf, hört auf«, rief ich, »ihr habt gewonnen. Ich gebe für jeden eine heiße Schokolade aus.«

»Was du gibst schon auf«, fragte Wichtel Mika verwirrt.

»Ja«, murrte ich. »Wir können uns jetzt nicht den ganzen Tag mit einer Schneeballschlacht beschäftigen, dafür haben wir morgen noch Zeit. Heute ist Heiligabend, da hat der Schlitten oberste Priorität.«

»Okay, du hast recht.«

»Inwieweit ist die Startbahn gesäubert? Es dürfen keine Unebenheiten auf der Bahn sein, die womöglich ein Ausgleiten verursachen könnten.«

»Welche Startbahn?«

»Na diese hier.«

»Ja …, aber uns wurde mitgeteilt, dass die Rollbahn 25/11 startklar gemacht werden sollte und die haben wir total vom Schnee befreit. Selbst die beleuchteten Zuckerstangen für die seitliche Begrenzung stehen parat, müssen nur noch angeschaltet werden.«

»Wer hat das angeordnet?«

»Na vielleicht der amtierende Bürgermeister unseres Dorfes?«

»Wer?«

»Santa Cla-aus, oder wer ist sonst Bürgermeister von Christmas Village?«

»Was hat Santa damit zu tun? Aufgrund einer Prognose der Wetterplaudererstation für den heutigen Abend wurde bereits gestern die Startbahn 17/19 als günstigere in Erwägung gezogen. Wieso lässt ihr euch von Santa zu der Anderen abordnen? Egal, ich werde darüber mit Santa sprechen. Ihr sorgt dafür, dass diese Rollbahn in kürzester Zeit startklar ist.«

Daraufhin begab ich mich wieder ins Gebäude, durch den Raum der Geschenke in die Fabrikationshalle. Von hier aus gab es einen direkten Zugang zu den Privaträumen von Santa. Ich klopfte und Elfe Elif öffnete mir die Tür.

Sie war ein Findelkind, ein Säugling, welches Father Christmas - also Santas Dad - von einer seiner weihnachtlichen Bescherungstouren, mitgebracht hatte. Während er sich auf der Tour abseits der Rentiere auf einer Parkbank eine Rauchpause gönnte, hatte eine todkranke Frau heimlich das Kind in den Schlitten gelegt, weil sie nicht wollte, dass es bei wildfremden Menschen aufwächst. Recherchen ergaben, dass die Mutter tatsächlich am zweiten Weihnachtstag verstarb und da Father Christmas und Mother Christmas genug mit Santa zu tun hatten, hatte ich mich dem Baby angenommen und es nach bestem Wissen und Gewissen aufgezogen. Sie wuchs als normaler Mensch unter kleinwüchsigen Elfen und Wichteln auf und es störte niemanden, dass sie in einem Pulk mit ihren Artgenossen wie eine Blume auf der Wiese herausschaute. Santa wäre niemals auf Elfe Elif aufmerksam geworden, wenn sie sich nicht durch ihre Größe von den anderen unterschieden hätte.

Heute sind beide miteinander verheiratet und haben Zwillinge bekommen, einen Jungen namens Little Santa und ein Mädchen namens Santina.

»Psssssst«, sagte Elif und hielt ihren Zeigefinger vor dem Mund. »Komm rein. Was kann ich für dich tun?«

»Ich wollte kurz mal mit Santa sprechen«, flüsterte ich.

»Der schläft.«

»Der schläft?«

»Ja! Normalerweise schläft er schon beim Hinsetzen ein, doch in den letzten Tagen hatte er Probleme damit. Er hatte es immer wieder versucht, und wenn er einschlief, dann schlief er schlecht, auch nicht durch und war morgens immer so muffelig. Es ist die Aufregung bei ihm und das schon seit einigen Tagen. Obwohl er es schon seit zig Jahren macht, ist es für ihn immer wieder etwas Neues.«

Sie öffnete leise einen Spalt der Schlafzimmertür und ließ mich hineinblicken. Santa lag mit seinem roten Long John, einer einteiligen langen Unterwäsche, im Bett und hatte in jeden Arm einen seiner Zwillinge. Alle schliefen sie und man merkte sofort, die Kinder haben ihn fest im Griff.

Langsam schloss sie die Tür wieder.

»Was wolltest du von Santa?«, sprach sie ganz leise.

»Nicht so wichtig, ich wollte ihm nur sagen, dass alles seinen Gang läuft und dass wir gut in der Zeit liegen.«

»Das wird ihn freuen. Er weiß, dass er sich auf dich verlassen kann.«

So verließ ich die Wohnung von Santa und stand wieder in der Fabrikationshalle der Geschenkherstellung, wo die Geräusche von kreischenden Sägen, hämmernden

Werkzeugen und das Klirren des Kunstschmiedes zu hören waren sowie das Singen der Elfen und Wichtel in geschlossenen Reihen, wie italienische Hilfsarbeiter bei der Ernte.

Sie waren alle voll in ihrer Arbeit vertieft, waren bereits mit der Vorbereitung der Spielwarenproduktion für das nächste Weihnachtsfest beschäftigt. Maschinen wurden kontrolliert, technische Systeme überprüft, Verschleißteile ausgetauscht, Sicherheitsrisiken bei bestimmten Gegenständen begutachten und, und, und. Es ist wie das Prüfen eines Leibniz Kekses, der nicht weniger als zweiundfünfzig Zähne haben darf.

So begab ich mich zur Kantine und ließ mir noch einen dieser herrlichen heißen Schokoladen zubereiten. Nach kurzer Zeit kam Anni und stellte mir einen dampfend heißen Becher hin.

»Hier deine Schoki, extra heiß und mit zwei Stück Zückerchens.«

»Äh …, ja danke Anni«, bemerkte ich und dachte: -chen und -lein machen alle Dinge klein.

Ich schaue in den Becher, auf dieses weiße Sahnehäubchen und beobachtete, wie sich die Sahne langsam mit dem kakaohaltigen Heißgetränk verbindet. Man sagt, dass es nicht nur die Seele wärmen würde, sondern dass es auch glücklich macht, dass es ein Getränk für alle Lebenslagen sei, dass es tröstet, satt Kummer macht und das Leben versüßen kann. Es soll auch eine aphrodisierende Wirkung haben, da die Schokolade traditionell als Geschenk der Liebe und als äußerst romantische Aufmerksamkeit gilt.

Doch der Wirkstoff dieses aphrodisierenden Muntermachers, der Puls, Blutdruck und den Zuckerspiegel erhöhen soll, liegt allerdings in zu geringer Konzentration vor, dass er wirksam sein könnte. Genauso das Glücksgefühl, das sich nach dem Genuss von Schokolade einstellt, hat eigentlich nichts mit den Inhaltsstoffen zu tun, sondern vielmehr damit, dass wir es mit schönen Erinnerungen verbinden, wie zum Beispiel an die Kindheit. Diese werden dann bei erneutem Konsum abgerufen und es tut einem wieder gut. Schokolade wirkt eben psychologisch.

Sie ist in vielen Produkten enthalten wie in Kuchen und Torten, als Glasuren, Pralinen, Tafeln, natürlich auch in Weihnachtsmännern und Marzipanbrote sowie in Heiß- und Kaltgetränken. Sie wird benutzt als Maske, als Bäder, als Cremes, sogar als Köder in Mausefallen. Mäuse lieben

Schokolade und es soll besser funktionieren als Käse oder Speck.

Selbst Künstler schaffen mit diesem Kakaoerzeugnis einzigartige Gebäude- und Figurenkunstwerke, die andächtig und stolz, künstlerisch und humorvoll sind, die mit ihren Details und Schönheiten faszinieren.

5. Der emotionale Zustand eines Chaos fing erst richtig an

Plötzlich hörte ich das Fluchen einer Elfe. Es kam aus der Backstube. Sie schien wütend und frustriert zu sein. Schimpfende Worte waren zu hören wie: Ausgerechnet jetzt, Du blödes Ding du und so ein Mist. Wiedermal stellte ich meinen Becher auf den Tresen ab und ging hinüber.

Elfe Safrane stand mitten im Raum und keifte mit der vor ihr stehenden Maschine:

»Das kann doch nicht wahr sein, bitte mache das, dass es nicht wahr ist.«

Als Führungskraft ist es unter anderen auch meine Aufgabe, zu einer konstruktiven Konfliktlösung beizutragen, bevor der Stresspegel des Schimpfenden rapide ansteigt. So stand ich mit in den Hüften gestützten Händen in der Eingangstür und fragte:

»Was ist los?, was fluchst du so?«

»Die …, die …, die Mandelröstmaschine funktioniert nicht mehr.«

»Was heißt, sie funktioniert nicht mehr?«

»Erst hatte es geknallt, dann hatte sie Feuer gespuckt und nun …?, nun geht gar nichts mehr. Wie brenne ich denn jetzt die

Mandeln? Wir haben Heiligabend, ich muss fertig werden.«

Zuerst stand ich da mit dem offiziellen Zeichen der Dummheit über dem Kopf, dem Fragezeichen. Doch da wir männliche Wesen immer denken, Experten in Sachen Technik und Reparatur zu sein, begab ich mich auf Fehlersuche. Zuerst betätigte ich mehrmals den Geräteschalter, um den Strom ein- bzw. auszuschalten. Doch nichts passierte. Dann rüttelte ich am Stromkabel, um damit zu testen, ob vielleicht ein Kabelbruch vorliegt, doch auch hier keine Spur irgendwelcher Veränderungen.

Einen Faustschlag! Ein Faustschlag hat schon viel Maschine wieder zum Funktionieren gebracht und so zimmerte ich heftig auf das Gehäuse ein. Außer, dass mir allmählich die Handkante schmerzte, passierte auch mit der Dampfhammermethode nichts.

In solchen Situationen lassen wir uns ungern von anderen Helfen, da wir es nur als eine verschärfte Form der Majestätsbeleidigung verstehen. Genauso bei einer Routenplanung. Niemals würden wir nach einem Weg fragen, auch dann nicht, wenn das sauteure Navigationsgerät uns in eine Sackgasse locken würde. Maskuline Wesen sind eben Spurensucher und manchmal finden wir auch das Ziel. Wie gesagt: manchmal.

Verlegen griff ich in den Kupferkessel und nahm mir zwei der gerade noch fertig gebrannten mit Zucker karamellisierten Mandeln. Sie schmeckten nussig mit einem nicht zu süßen Vanille-Geschmack und dem Kick einer leichten runden Mandelnote. Der Geruch und der Geschmack erinnern sofort an Jahrmärkten und Kirmessen.

Und um von dem grandiosen Scheitern meiner Schnelldiagnose abzulenken, fragte ich wissbegierig:

»Für wen brennst du die Mandeln?«

»Na für die Kinder.«

»Für welche Kinder?«

»Für welche Kinder?, na hör mal! Was meinst du, was wir das ganze Jahr hier machen? Maschinen festhalten, damit sie nicht umfallen? Ein Langweile-Praktikum? Russisch Roulette mit Platzpatronen? Oder Arbeitslosenvierkampf mit je hundert Meter Spießrutenlaufen, Schlangestehen, Formulare ausfüllen und Arschkriechen?«

»Nein, natürlich nicht. Ich wollte nur wissen, welche Kinder die Mandeln bekommen sollen.«

»Sie sind für die Kinder im Waisenheim.«

»Ich dachte dafür wurden extra Spielsachen zusammengestellt.«

»Ja wurden auch, aber Kinder wollen auch naschen und deswegen haben wir noch zusätzlich ein Sortiment an weihnachtlichem Gebäck und Nüssen zusammengestellt. Mini-Marzipanstollen, Fruchttörtchen, Florentiner, Mandelhappen, Schoko-Butterherzen, Vanille-Kipferl, Waffelblätter und Butter-Heidesand sind bereits fertig, kommen nur noch die Zitronenbonbons und … eigentlich auch gebrannte Mandel, wenn die Maschine sich mal entscheiden könnte, die Mandeln zu rösten.«

»Okay, das ist natürlich ärgerlich.«

»Weißt du, der Schriftsteller Charles Dickens hatte mal ein Werk verfasst, das von einem Jungen handelte, der seine Eltern sehr früh verloren hatte und daraufhin ins Waisenheim kam. Das Waisenheim war mehr als ein Gefängnis. Die Kinder dort mussten vierzehn Stunden am Tag arbeiten, im Garten, in der Küche, im Stall und auf dem Feld. Kein Tag brachte eine Abwechslung und im ganzen Jahr gab es nur einen einzigen Ruhetag, das war der Weihnachtstag. An diesem Tag bekam jeder eine Apfelsine. Das war alles, keine Süßigkeiten, kein Spielzeug. Aber diese eine Apfelsine bekam aber auch nur der, der das ganze Jahr brav und folgsam gewesen war.«

»Okay, und warum erzählst du mir diese Geschichte?«

»Unterbrich mich doch nicht, die Geschichte ist noch lange nicht zu Ende«, und so fuhr sie dann weiter fort:

»Wiedermal kam dieser Weihnachtstag, und während all die anderen Jungen ihre Apfelsine bekamen, musste dieser eine Junge, der seine Eltern verloren hatte, in der Zimmerecke stehen und zusehen. Das war die Strafe dafür, dass er im Sommer versucht hatte, aus dem Waisenhaus zu fliehen. Als die Geschenkverteilung vorüber war, durften die anderen Kinder im Hof spielen, er aber musste im Schlafraum gehen und den ganzen Tag im Bett liegen. Tieftraurig und beschämt war er und weinte. Nach einer Weile hörte er Schritte im Zimmer. Eine Hand zog die Bettdecke weg, unter der er sich verkrochen hatte. Sein Blick erhob sich und er sah einen der Waisenjungen vor seinem Bett stehen. In der Hand hatte er eine Apfelsine, die er ihm entgegen hielt. Er wusste nicht, was ihm geschah, dachte nur, wo die überzählige Apfelsine herkam. Abwechselnd blickte er zu den Jungen, dann zur Apfelsine und wieder zu den Jungen. Plötzlich bemerkte er, dass die Apfelsine bereits geschält war und als er näher hinblickte, wurde ihm klar warum. Tränen bildeten sich in seinen Augen und liefen an den Wangen herunter. Und als er die Hand ausstreckte, um die Frucht entgegenzunehmen, da wusste er, dass er fest zupacken müsste, damit sie nicht auseinanderfiele.

Einige Kinder in dem Waisenheim hatten sich auf dem Hof zusammengetan und beschlossen, dass auch er seine Apfelsine haben müsste. So hatte jeder die Seine geschält, eine Scheibe abgetrennt und alle Scheiben sorgfältig zu einer neuen, schönen, runden Apfelsine zusammengesetzt.«

»Ich verstehe, was du damit sagen willst«, bemerkte ich und brüstete mich dann auf: »Hätte ich mehr Zeit, würde ich die Maschine schnell selbst reparieren, aber ich muss noch viele andere Dinge erledigen. Ich werde sofort den Ampere-Wichtel Legolas vorbeischicken, damit er sich die Maschine ansieht.«

So verließ ich die Backstube und ging in Richtung Technologie, als mir Schlitten-Michel über den Weg lief.

»Melvin ich suche dich schon überall.«

»Was ist los? Ist der Schlitten fertig?«

»Da haben wir das Problem. Nein er ist noch nicht fertig. Ich hatte gerade die rechte Kufe ausgewechselt und wollte mich an die linke heranmachen, als ich feststellte, dass eine der Schraubenfedern gebrochen war. Als ich sie ausgebaut hatte, bemerkte ich das schwammige Verhalten der Schwingungsdämpfer. Beide müssen unbedingt ausgetauscht werden. Allerdings schaffe ich das nicht alleine. Ich brauche zusätzliche Hilfe, einen Schmied, der mir neue wendelförmig gewundene Druckfedern herstellt und einer, der mir bei der Demontage und beim Einbau hilft. Und wenn der Schlitten schon auf dem Seziertisch liegt und wir eine Obduktion an dem Schlitten vornehmen müssen, dann sollten wir für das ausgeschlagene Lenkgetriebe gleich ein neues implantieren.«

Man merkt sofort, dass Schlitten-Doktor Michel immer noch anstrebt, eine gottgleiche Gestalt im trendigen Weiß zu werden, er sich schon mal durch Fernsehserien wie: Dr. Village, der Nordpoldoktor, Schwarzwaldanstalt und Elfe Stefanie ein geeignetes Halbwissen angelernt hat.

»Okay, ich werde mit Wieland den Amboss-Wichtel sprechen und um eine Hilfe kümmere ich mich auch. Der Schlitten muss vor Einbruch der Dunkelheit wieder flott sein.«

Ich ging weiter, landete wiedermal in der Fabrikationshalle, schritt an der prächtigen Douglasie vorbei, die bis zu Decke reichte und sah, dass immer noch mein Becher auf dem Tresen vor der Kantine stand.

Wäre schade ihn verkommen zu lassen, murmelte ich mir zu, ging auf den Tresen zu, nahm den Becher und nippte daran. Brrrrr, der war schon kalt und schmeckte abgestanden. Ich stellte den Becher zurück auf den Tresen und in dem Augenblick kam auch Elfe Anni aus Küche und sprach:

»Wichtel Nereus hatte nach Melvin gefragt.«

»Nach mir?«

»Ne nach Melvin!«

»Ja ich bin doch Melvin, das weißt du doch.«

»Ja, dann hatte er wohl nach dir gefragt.«

»Und was wollte er?«

»Keine Ahnung hat er nichts gesagt.«

»Ich schaue nachher mal ihm vorbei. Im Moment habe ich was Wichtigeres zu erledigen.«

»Er sagte aber, es sei eilig.«

»Eilig! Eilig! Alle haben's eilig.«

»Ja sehr eilig sogar sagte er.«

»Sehr eilig sogar. Okay, okay, okay, bevor du mich in den Wahnsinn treibst, gehe ich kurz rüber.«

Ich verließ wieder die Fabrikationshalle durch die im Tor integrierte Schlupftür und stand in der schneebedeckten Landschaft. Durch die Tür drängte sich ein sanftes Licht hinaus und man sah, wie die weichen Flocken leise und fast schwerelos zu Boden fielen.

Als ich die Tür hinter mir schloss, wurde es dunkel. Das liegt daran, dass wir hier am Nordpol nur zwei Jahreszeiten haben, den Polarsommer und den Polarwinter. Durch die Wanderung der Sonne ist jeweils eine Halbkugel etwas mehr der Sonne zugeneigt, die andere dagegen etwas weiter abgeneigt. Am Äquator, der in der Mitte liegt, ist die Entfernung zur Sonne immer gleich. Deshalb gibt es dort keine Jahreszeiten. Zurzeit haben wir den Polarwinter.

Nur der Mond versuchte sich durch die mit Schnee beladenen Wolken, hindurchzuzwängen. Der Schneefall schien mittlerweile stärker geworden zu sein und so schritt ich mit geneigtem Haupt durch den rieselnden Schnee, der mir vom Winde ins Gesicht getrieben wurde und zugleich auf der warmen Haut schmolz.

Wie eine schützende Decke glitzerte der Schnee um den Stall herum, als ich auf ihn zuging und das Licht der Außenbeleuchtung den Weg erhellte. Es war ruhig, nur das Knirschen meiner Schritte im Schnee war zu hören, die jeden meiner Fußstapfen einfingen und wieder nachgaben.

So betrat ich den Stall, strich den Schnee vom Kopf und von meinem Mantel und schon kam Nereus aus einer der Boxen heraus gerannt.

»Was ist los, dass du mich von wichtigen Dingen abhältst?«

»Rudolph ist krank.«

»Wieso ist Rudolph krank?«

»Keine Ahnung sieh selber.«

Wir gingen zu Rudolph seiner Box und da lag er auf Stroh gebettet und wirkte sehr apathisch. Ich streichelte ihn über die Kinnlade, über den halbrunden Bereich des Unterkiefers, worauf Rudolph nasal klingend bemerkte:

»Böäääh«, was soviel heißen könnte wie: *Tut das gut*, aber auch: *Mir ist hundeelend.*

»Du hast ja Fieber«, stellte ich dann fest, worauf Wichtel Nereus aufsprang und sagte:

»Warte, ich hole ein Fieberthermometer.«

Er gab es mir und ich versuchte das Thermometer über den Maulwinkeln, in das Maul zu schieben. Wieder rief Rudolph leidend und sah dabei so abwesend aus.

»Ja das muss sein«, entgegnete ich ihm, als wenn ich sein Wimmern verstanden hätte. »So und nun mach den Mund auf.«

Danach wandte ich mich an den Stall-Knecht und bat ihn frischen Schnee von draußen zu holen. Als er zurückkam, nahm ich das Thermometer und stellte fest:

»Oh, du hast ja wirklich erhöhte Temperatur. Nereus wird dir jetzt einen kalten Umschlag machen, dann geht es dir gleich besser.«

»Ja«, erwiderte Nereus. »Guck mal schöner kalter Schnee, der wird dir gut tun.«

Er wickelte den Schnee in einen Umschlag und legte es dem Rentier an. Dann kam er auf mich zu, und während wir durch den Stall gingen, sprach er:

»Was machen wir nun. Ohne Rudolph kann Santa nicht starten. Er ist doch schließlich der Signalgeber.«

»Mhmmm … und das alles am Heiligabend. Ich werde den Medikus-Wichtel herschicken. Er soll sich Rudolph ansehen und ihn wieder auf die Beine stellen.

Womöglich ist es nur ein Darmverschluss, hervorgerufen von nicht ausreichend verdautem Futter oder entstanden durch seine Aufregung. Rudolph ist schon immer ein sensibles Tierchen gewesen.«

»Na ja, wenn es nicht so schlimm ist, dann …«

»Pass auf ihn auf«, unterbrach ich ihn, »und lass ihn ein bisschen schlafen. Der Medikus-Wichtel wird gleich hier sein.«

6. Eine Katastrophe kommt selten allein

Kurz darauf stand ich wieder im dichten Schneetreiben und war auf den Weg zur Fabrik. Egal, dachte ich mir plötzlich und entschloss mich, wenn ich schon einmal durch den nassen, kalten Schnee stampfen muss, mache ich doch schnell noch einen Abstecher zur Startbahn 17/19. In innigster Hoffnung, dass wenigstens dort zügig vorangekommen wird, dass wenigstens etwas am heutigen Tage vernünftig verläuft, schritt ich durch den kniehohen Schnee.

Doch dann sah ich Wichtel Mika, Elias und Jonne, wie sie mit den Händen unablässig schaufelten und schaufelten. Sie trugen Stirnlampen, die den Schnee hell wirken ließen, der in dicken Flocken wie in einem Weihnachtsmärchen vom Himmel herab rieselte und die Herzen aller auf dieser Welt höher schlagen ließen. Na ja, vielleicht nicht gerade aller, wenn man sieht, wie die drei Wichtel sich gegen den Schneefall wehrten.

»Warum nehmt ihr nicht den Schneepflug«, rief ich denen zu, worauf sie simultan alle die Schaufel fallen ließen und riefen:

»Der ist unterwegs!.«

»Was heißt: Der ist unterwegs.«

»Na der Schneepflug!«

»Und wieso unterwegs?«

»Nun, einige wollten noch mal schnell in die Eiswüste, Arktis Eis holen für die Drinks morgen, für den Noel zum Beispiel, den Erdbeere Mojito Drink mit schwarzem Pfeffer; den Holy, mit Wodka, Roséwein, Sauerkirschlikör und Basilikum Essig oder der Natale, der Tequila mit Honig, Himbeeren und Thymian.«

»Dafür ist der Bulli da und nicht der Schneepflug.«

Der Bulli ist ein Transporter Kleinbus, der mit einem drehstabgefederten Kettenlaufwerk mit fünf Laufrollen, einem Antriebsrad und einem Führungsrad ausgestattet wurde, damit er nicht im Schnee stecken bleibt oder gar versinkt. Er verfügt über zwei leistungsstarke Motoren, wobel jeder Motor eine Kettenseite antreibt. Zusätzlich wurde er noch mit hydraulischen Endanschlägen über den Schwingarmen der Laufräder ausgestattet.

Das Fahrzeug war speziell für die Freizeitgestaltung der Elfen und Wichtel gedacht und dementsprechend auch so hergerichtet worden, mit Standheizung, Astrolabium, einer ausfahrbare Treppe, angepassten Pedalen, in der Höhe und

Länge verstellbare Sitze, verlängerte Sitzschienen und eine Teleskop-Lenksäule.

»Der Batterie ist der Strom ausgegangen«, antwortete Wichtel Mika.

»Welcher Batterie ist der Strom ausgegangen?«

»Na dem Bulli.«

»Schon mal was von Fremdstarten gehört?«

»Ja schon, aber das Überbrückungskabel soll irgendwie flöten gegangen sein.«

»Aha …!, und ist das Ladegerät auch flöten gegangen?«

»Nein das nicht. Sie haben's mit anderen Kabeln versucht. Bei dem einen funktionierte es nicht und bei dem anderen dauerte zu lange und so haben sie den Schneepflug genommen.«

»Dauert zu lange, ich fasse es nicht. Ich habe extra angeordnet, dass am Heiligabend alle Elfen und Wichtel in greifbarer Nähe zu sein sind. Santa braucht euch heute mehr denn je. Tja und wie wollt ihr die Startbahn bis zum Abend freibekommen?«

»Ja … äh … hm …, vielleicht könntest du … uns … ein paar Kumpels … herüberschicken, die uns ein wenig helfen?«

»Ein paar Kumpels, die euch ein wenig helfen«, wiederholte ich murmelnd. »Ich fasse es einfach nicht. Da fahren die einfach mal eben mit dem Schneepflug in die Wüste, um Eiswürfel zu holen.«

Seufzend zog ich die Luft durch meine Lippen, stieß sie gleich wieder aus, wobei sich mein Brustkorb aufbäumte und anschließend wieder in sich zusammensank.

»Okay«, sprach ich dann. »Ich werde sehen, was ich machen kann.«

Daraufhin verschwand ich und ließ die Drei weiter schaufeln. Zurück in der Fabrikationshalle begab ich mich erstmal zum Tresen. Bei einer heißen Schokolade werde ich erst mal meine Gedanken neu ordnen. Anni sah mich schon kommen und rief mir entgegen:

»Eine Schoki?«

»Äh … ja … eine heiße … Schoki, bitte.«

»Kommt sofort.«

»Aber bitte mit Schuss«, rief ich noch hinterher.

»Mit Schuss?«, fragte Elfe Anni und stand dabei mitten im Türrahmen.

»Ja mit Schuss, ich brauche so ein Problemlöser als Nervenstärkung.«

»Alkohol löst aber keine Probleme.«

»Nein, aber die heiße Schokolade auch nicht.«

Kaum ausgesprochen hörte ich schon von Weitem wieder meinen Namen rufen. Es war die Send-to-Claus Postelfe Kristeen, die mit wedelnden Papieren in der Hand auf mich zukam.

»Melvin, Melvin«, sprach sie, »wir haben hier noch zwei Bestellungen über WhatsApp bekommen, die unbedingt noch heute mit auf den Schlitten müssen. Kannst du bei Santa mal in das alte verstaubte lederbezogene Adressbuch ... äh ich meine in das große goldene Buch nachsehen, ob sie die Geschenke auch verdient haben?«

»Was sind das für Weihnachtswünsche?«

»Na ja, der eine ist von Jessica. Sie schreibt: Bring mir dieses Jahr ein Haus für meine Puppe. Es muss aber ein Two-and-a-half-Men Strandhaus sein mit Flügel, Jazzbildern an der Wand, großer Terrasse und einer Garage mit zwei Luxusautos, ein Mercedes SL63 AMG und ein Jaguar XK8. Und vergiss bloß die Batterien nicht, schrieb sie noch hinterher.«

»Hm.«

»Ja und der andere ist von Peter und der schreibt: Ich wünsch ich hätte ein lebenslanges Abonnement für den Playboy.«

Im gleichen Augenblick erschien Skip der Funkwichtel. Er hatte gerade noch den Wunsch von Peter mitbekommen und bemerkte:

»Na das ist ja mal ein origineller Wunsch.«

»Woher kennst du den Playboy?«, fragte ich.

»Äh …, ich habe ihn ab und zu mal gelesen, wegen der guten Interviews. Die Bilder sieht sich wohl kaum einer an. Die nimmt man halt mit in den Kauf, um die tollen Artikel zu lesen.«

»Ach so, die Artikel«, meinte ich und wandte mich wieder Elfe Kristeen zu.

»So was können wir natürlich nicht verschenken, schon gar nicht an so ein kleines Menschenkind.«

»Das heißt, er bekommt kein Geschenk?«

»Nicht immer kann Santa Wünsche erfüllen, da manche erheblich überzogen sind. Aber ich werde mich darum kümmern, dass er ein anderes Geschenk erhält. Vielleicht Harry Potter oder Pipi Langstrumpf.«

Meine heiße Schokolade war fertig. Elfe Anni stellte das dampfend heiße Getränk vor mir auf den Tresen und betonte etwas energisch:

»Hier deine Schoki, aber mach mich nicht verantwortlich, wenn du nachher mit verklärtem Blick herumläufst, nur weil ein Schuss drin ist.«

»Du trinkst mit Alkohol?«, empörte sich Kristeen.

»Ja nur ein kleiner Schuss.«

»Weißt du denn nicht, dass Alkohol eine Vergärung zuckerhaltiger Früchte ist, die zu einer Berauschung führen?«

»Da ist nur ein kleiner Schluck drin, nicht eine ganze Flasche.«

»Ja aber auch kleine Mengen zerstören Zellen im Körper.«

Ein Proponent der Alkoholabstinenz und das unter den Elfen und Wichtel, dachte ich mir, wo wir doch so gerne Feiern. Irgendwie ähneln wir uns immer mehr den Menschen. Um den Dialog nicht weiter ausschweifen zu lassen, schob ich den Becher von mir weg und sprach zu Anni:

»Bitte eine heiße Schoki ohne Schuss.«

Danach wandte ich mich Wichtel Skip zu und fragte:

»Und was kann ich für dich tun?«

»Ich habe dir doch von der Konkurrenz erzählt. Es gibt sie doch. Der von vorhin war wirklich ein Obdachloser, ich hatte ihn weiter beobachtet. Aber eben habe ich die wahre Konkurrenz gesehen, den wirklichen Rivalen, den Antagonisten, den Feind, den Kontrahenten, den …«

»Ist gut Skip.«

»Er war wirklich da, nein, er ist immer noch da. Los komm und schau ihn dir selber an.«

Im gleichen Augenblick kam auch schon meine neue heiße Schokolade ohne Schuss. Ich nahm sie entgegen, nippt kurz daran, stellte sie dann auf den Tresen ab und folgte Skip in das Funkortungsgebäude. Über einen Satelliten hatte er sich bei einem Kartendienst eingeloggt und sich über die Navigationselemente und Zoomfunktion auf einen Marktplatz bewegt.

»Da, da …, da ist er …, der, der da … der in der roten Kutte. Schau ihn dir genau an, der sieht fast wie der Chef aus.«

Dabei zeigte er mit dem Zeigefinger auf eine Bühne, auf dem ein Mann in einem rot befrackten Kostüm stand, ein Mikrofon in der Hand hielt und gestikulierend zu den Kindern sprach, die sich vor der Bühne versammelt hatten. Einzeln rief er sie hoch, griff in seinen Sack, holte eine kleine vorweihnachtliche Süßigkeit heraus, gab sie dem Kind und sprach dabei:

»So und nun gehst du mal schön runter, das war dein Geschenk, danke schön. So wer ist der Nächste?«

Ein kleiner Junge betrat die Bühne und ging auf den stehenden Weihnachtsmann zu, der sich daraufhin kurz bückte und fragte:

»So wie heißt du denn mein Kleiner?«

»Tommy.«

»Tommy, das ist aber ein schöner Name.«

Dabei griff er wieder in den Sack, gab ihm ein Marzipanbrot, erhob sich wieder und meinte zum Publikum:

»Applaus, Applaus für Tommy.« Vereinzelnd klatschten welche gelangweilt in die Hände, dann sprach er zu Tommy:

»So und auch du gehst jetzt mal schön von der Bühne wieder runter.«

Mit gekünsteltem Lächeln stand er da, schaute auf die paar Besucher herunter.

»Na wer ist der Nächste?«, fragte er.

Ich drehte den Ton weg und sprach zu Skip:

»Hast du jemals gesehen, dass der echte Santa Claus so die Kinder abfertigt? Und hast du jemals gesehen, dass er nicht mit seiner wirklichen Stimme sprach, sondern nur als hässliches Gekrächze durch ein Mikrofon?«

»Äh …, hm …, nein.«

»Hinter solchen weihnachtlich gekleideten Männern, mit mehr oder weniger imposanten Bärten, stecken Auftraggeber, die den beliebten Kinderfreund nicht mit himmlischem Lohn bezahlen, sondern mit Geld. Siehst du die Reklametafeln, die um und auf der Bühne stehen?

»Äh …, du meinst die Wahlplakate?«

Das sind keine Wahlplakate, das sind die Sprungbretter der Geschäftsleute. Das ist nämlich eine Veranstaltung des Spielwaren-Moguls "Toys'nGame". Die machen mit ihren verkaufsfördernden Weihnachtsmännern Werbung für ihre eigenen Kaufhäuser.«

»Wow, aber das ist ja irritierend. Wie soll man dann den richtigen Weihnachtsmann unter all den unechten erkennen?«

»Och, das wissen die Kinder schon. Außerdem war sein Bart nicht echt und die

Mütze war aus einem ganz billigen Stoff gefertigt.«

»Aha, muss also nicht schön sein, muss einfach wirken.«

Ich musste mich beeilen, hatte noch viele Aufgaben zu erfüllen und so verließ ich schnellstens den Funkortungsraum und machte einen Abstecher in den IT-Bereich.

7. Immer weiter schlug sich das Pech auf meine Seite

Ein Raum mit diversen Terminals, wo man mit Hilfe von Satelliten und zirkularen Antennen die Menschenkinder auf der ganzen Welt beobachten kann, wo E-Mails, SMS, Chats, Skype, Messenger, Fax, Telex und Co. empfangen werden können, wo die Funk-Telegrafie und der Amateurfunk noch wie vor hundert Jahren betrieben werden.

Abgeschirmt von allen anderen Fernschreibgeräten, Kopierern und elektronischen Rechenanlagen, die zu einem Cluster, also zu einem Rechnerverbund zusammengeschlossen wurden, um eine höhere Rechenkapazität zu erreichen, steht das Elektrogehirn dieses Unternehmens. Er ist der wichtigste, bedeutungsvollste, ausschlaggebendste, elementarste, epochalste Bedeutungsspeicher überhaupt, unser "son of a bit", das geistige Lachsbrötchen, die Computadora.

Es ist eine Datenverarbeitungsanlage, angeschlossen an ein Uhrlaufwerk mit innovativer Technik, ausgefallenem Design und erstklassiger Verarbeitung. Ein Werk der Firma Alpha. Alpha der erste Buchstabe des griechischen Alphabets, metaphorisch für den Anfang einer neuen Zeitgeschichte.

Wenn also diese große Uhr schlägt, dann bleibt die Zeit auf der ganzen Welt für einen gewissen Zeitraum stehen, das heißt, sie wird konserviert, angehalten, eingefroren, balsamiert. Das gilt natürlich nicht für den Nordpol, denn der ist von elektrischen, magnetischen und elektromagnetischen Feldern befreit ist.

Während dieses Stillstandes kann Santa an den verschiedensten Stellen die Geschenke austragen, ohne dass auch nur eine Sekunde vergeht. Na ja, wie sollte er es auch sonst schaffen, die massenhaften Kinder zu besuchen. Eine Technik, die bewegt und für die Santa Claus die Exklusivrechte besitzt.

Die Bedienung der Software setzt natürlich voraus, dass die erfassten Daten für das Programm dieses Superhirns richtig angewandt und auch richtig verstanden werden. Doch im Moment erscheint mir Gegenteiliges. Zu viele Fachinformatiker-Wichtel und Elfen standen um den Rechner herum und hypnotisierten mit ihren Blicken schon fast den Bildschirm. Es schien sich ein Problem aufzutun und so hakte ich nach:

»Probleme?«

»Äh …, nein nicht wirklich, nein keine Probleme«, antwortete einer der IT-Wichtel.

»Keine Probleme?«, echauffierte sich die Elfe. »Das nennst du keine Probleme?«

»Mach doch nicht so ein Aufsehen, das kriegen wir doch kurzfristig hin.«

»Lass mich mal an die Tastatur«, fuhr sie ihn an und versuchte den IT-Wichtel vom Stuhl zu drängen, der sich jedoch standhaft dagegen weigerte und darauf bemerkte:

»Wenn Bill Gates gewollt hätte, dass Elfen mit Computern arbeiten, wäre der Blue Screen bunt oder gar rosa.«

»Halt stopp«, mischte ich mich ein, bevor die Debatte weiter eskaliert. »Was ist hier los?«

»Na ja …, wir haben uns da … was einfallen lassen«, druckste der IT-Wichtel so vor sich hin.

»Ja und?«

»Da wir die Zeit nur für eine gewisse Dauer konservieren können, haben wir uns gedacht, ein Programm zu entwickeln, dass die Zeit automatisch gleich wieder konserviert, sobald der vorige Zeitraum abgelaufen ist. Wir sparen im Gegensatz zur manuellen Bedienung jedes Mal einige Sekunden und im Endeffekt eine ganze Menge Zeit.«

»Na, das ist doch wunderbar. Dann braucht man ja nicht ständig auf die Uhr schauen.«

»Ja das stimmt, aber wir müssen erst mal dem Betriebssystem abgewöhnen, sich mit einem Atomzeitserver im Internet zu synchronisieren.«

»Und das heißt?«

»Das System synchronisiert automatisch die Zeit, um eine genaue Uhrzeit zu erhalten. Wir müssen die Konfigurationsdatei finden, sie in einem Texteditor öffnen und die neue Option in Form eines Zeitstempels eingeben.«

»Na dann macht es doch.«

»Einfacher gesagt als getan.«

»Was heißt hier einfacher gesagt als getan? Seit ihr Intelligenz Theoretiker oder nur Bildchen-Klicker?

»Na ja …, würden wir ja gerne, aber wir finden die Konfigurationsdatei nicht.«

»Was?, ihr findet die Konfigurationsdatei nicht? So was kann doch nicht einfach verschwinden. Oder?«

»Doch schon.«

Na gut, ist ja kein Problem, dann lassen wir es erst mal beim Alten und nach den

Ferien macht ihr dann weiter und sucht die Konfigurationsdatei. Okay?«

»Geht nicht.«

»Was geht nicht?«

»Die Konfigurationsdatei später zu suchen. Wir haben die alte Formel für das Konservieren …, na ja …, wir haben sie bereits gelöscht, weil wir dachten, wir brauchen sie nicht mehr.«

»Ihr habt was?«, erboste ich mich. »Ihr habt die alte Datei gelöscht, bevor die neue überhaupt installiert wurde? Hä …, aber sicherlich habt ihr eine Kopie davon?«

Ein Moment entstand, wo sie sich alle einig waren, denn simultan schüttelten sie mit den Köpfen.

»Das darf doch nicht wahr sein«, fuhr ich dann empört fort. »Millionen von Menschenkindern warten darauf, heute Nacht ihre Geschenke zu bekommen und nun das. Wie soll ich das Santa bloß erklären? Soll er jetzt den Kindern mitteilen, dass Weihnacht ausfällt, weil dilettantische Tastenquäler ein so wichtiges Programm einfach gelöscht haben?«

»Melvin, reg dich nicht auf, denk an deinen Blutdruck. Wir kriegen das schon hin.«

»Das will ich auch hoffen«, erwähnte ich grimmig und verließ den IT-Bereich.

Was ist nur los in dieser Fabrik, dachte ich mir. Warum klappt nichts mehr auf Anhieb? Die einfachsten Dinge werden vergeigt, gehen kaputt oder werden zweckentfremdet.

Es ist, als wenn der Klempner eine neue Armatur installiert hat, die wirklich chic aussieht und aus der auch genügend Wasser herauskommt. Nur leider auch an den völlig falschen Stellen, worauf der Boden nach kurzer Zeit unter Wasser steht. Jetzt heißt es Alarm! Alle in die Wanten.

In der Fabrikationshalle griff ich mir meine – inzwischen wieder erkaltete Schokolade – und ging damit zum Amboss-Wichtel Wieland in dessen Werkstatt.

Amboss-Wichtel Wieland war Schmied. In seiner Esse glühte ständig das Feuer, um Metallteile für die Gestaltung zu erwärmen. Mit einem manuell betätigten Blasebalg fügte er der offenen Feuerstelle immer wieder Luft hinzu, um für das Schmieden die erforderliche Temperatur zu erreichen.

Er war für die Gestaltung wichtiger Metalldinge für die Spielwarenproduktion zuständig, sowie für Gegenstände des alltäglichen und privaten Gebrauchs. Sein typisches und auch wichtigstes Werkzeug ist der Amboss, ein Schmiedewerkzeug aus gehärtetem Stahl zum Reparieren von Werkzeugen und zum Formen der glühenden Metallteile sowie der Kreuzschlaghammer ähnlich einem Vorschlaghammer für das Schmieden zu zweit, wobei der Schmied mit der Zange das Werkstück hält und der Zuschläger die Arbeit macht.

Daneben gibt es noch für das einhändige Arbeiten die Handhämmer sowie die Hilfshämmer, etwa den Schrothammer mit scharf geschliffener keilförmiger Hammerspitze zum Trennen von Metallen. Außerdem Meißel, Schraubstöcke, Zangen und diverse Gesenke für das Vierkantloch am Amboss zum Anrollen von Ösen, Biegen von Ringen, Herstellen von Rollen, Bearbeitung von Abwinklungen, Erzeugung von scharfkantigen Absätzen an den Schmiedewerkstücken und zur Verzierung diverse Profile.

Amboss-Wieland saß an einen Tisch, nein er saß nicht am, sondern er saß in einem Tisch. Es war ein Arbeitstisch mit einer halbrunden Aussparung an der vorderen Seite, um den Armen so einen großmöglichen Greifraum zu ermöglichen. Unterhalb der Aussparung war ein Fell befestigt, das einem halben Sack ähnelte und der beim Bearbeiten die anfallenden edelmetallhaltigen Reste, wie Metallspäne, Feilabrieb, Schnittreste und so weiter, auffangen soll.

»Hey Wieland«, rief ich. »Kann ich dich mal stören?«

»Nein«, antwortete er schlankweg ohne sich dabei lange umzudrehen und ohne überhaupt seiner Arbeit zu unterbrechen. Er beherrscht unter anderem auch die kunstvolle Herstellung von Gegenständen aus Edelmetallen und es scheint so, dass er gerade mit solch einer Arbeit okkupiert war.

»Äh … nein?«, fragte ich noch mal nach.

»Nein!«, hörte ich ohne Umschweife.

»Es gibt da ein Problem.«

»Ich werde das Problem heute Abend mit in meine Träume einbauen.«

»Geht nicht, muss vorher gelöst werden.«

»Hab aber keine Zeit.«

»Es ist wichtig, ich habe Arbeit für dich.«

Wieland lies seine Anreißnadel in das Fell vor ihm fallen, drehte sich um und sprach:

»Sag mal, was denkst du, was ich hier mache? Stundenlang "fang mich" spielen? Ich ackere hier wie eine Hafennutte.«

»Wie eine …?, egal. Ich hätte dich auch nicht gestört, wenn es nicht wichtig wäre.

An Santas Schlitten müssen die Schraubenfedern ausgewechselt werden, da eine gebrochen ist und du bist der Einzige, der solche Federn herstellen kann.«

»Da hast du erstens recht und zweitens ein mächtiges Problem. Elfe Elif hat mir einen Auftrag erteilt und angeordnet mich von niemand, auch wirklich von niemand ablenken zu lassen. Heute vor drei Jahren ist Santa Doppelvater geworden und Elfe Elif hat mich gebeten, eine Kette zu fertigen mit den kleinen Händchen und Namen der Zwillinge. Diese sollen ihn bei seinen Flügen begleiten, als Erinnerung, dass er nie alleine sein wird und wenn ich jetzt nicht weiter mache, wird sie nie fertig.«

»Kannst du die Federn nicht neben dem Schmuckstück mit herstellen?«

»Wie denkst du dir das. Das Schmieden von Federn ist eine handwerkliche und kompetente Arbeit, während die Arbeit von Elfe Elif eine fantasievolle, geduldige und ausgeprägte motorische Fähigkeit voraussetzt. Oder meinst du, dass man beim Biegen von glühenden Rundeisen, nebenbei noch die Namen der Kinder in Santas Kette gravieren kann?«

»Ja, und wenn niemand die Federn schmiedet, wir die Kette auch niemals jemand auf einen Flug begleiten können«, bemerkte ich und verließ die Schmiede. Santas Wort ist oberstes Gebot, eine Willenserklärung, die für alle gilt und für das Wort von Elfe Elif, also Santas Frau, gilt das gleiche.

Man, das hat mir heute noch alles gefehlt, hab ich nicht genug zu tun? Brauch ich noch mehr Schwierigkeiten? Nun da das Pech sich auf meine Seite geschlagen hatte, nahm ich mir vor, aufs Ganze zu gehen und erstmal mit Elif sprechen.

Ich schaute auf die Uhr, es wurde höchste Zeit. Nur noch wenige Stunden bis zum Abflug und die Reparatur des Schlittens ist immer noch nicht geregelt. Oh Mann ich muss mich noch um einige Wichtel und Elfen kümmern, die den Schnee von der Startbahn fegen und … und der Medikus-Wichtel, der muss noch zu Rudolph und der Ampere-Wichtel in die Backstube, die Mandelröstmaschine checken. Oh Gott hoffentlich finden sie die Konfigurationsdatei und können noch rechtzeitig den Zeitstempel setzten. Man ich weiß gar nicht, wo mir der Kopf steht.

Fluchend ging ich, nein stürmte ich und stand dann wieder vor den Privaträumen des Mannes, der Kinderherzen höher schlagen lässt, besonders dann, wenn er ihnen Geschenke bringt. Doch bevor ich klopfte, hörte ich wieder meinen Namen schallend durch die Halle rufen. Es war wieder Mal Skip, der Funkwichtel, der aufregend und gestikulierend auf mich zulief:

»Melvin, Melvin, ich ..., ich ..., puh ...«, röchelte er.

»Ist irgendwas nicht in Ordnung, brauchst du eine Atemmaske?«, fragte ich.

»Nein, nein«, japste er. »Ich bin nur ein bisschen schnell gelaufen.«

»Ist Joggen deine neue Sportdisziplin geworden? Vielleicht solltest du dich lieber mit einem Brettspiel amüsieren.«

»Ich hab ihn endlich.«

»Wen hast du endlich?«

»Na den Konkurrenten. Du weißt doch diesen Rivalen, der Santa ein Ei auf die Schiene nageln will.«

»Ein Ei auf die Schiene nageln, Sprüche habt ihr heutzutage, nee, nee, nee. Aber dennoch, es gibt keinen Konkurrenten.«

»Doch! Man hatte ihn interviewt und ihn gefragt, was er denn hier machen würde. Darauf hatte er gesagt, dass er seinen Schlitten verloren hätte. Verstehst du? Seinen Schlitten verloren. Ich hab das Interview aufgezeichnet, du kannst es dir ansehen.«

»Da ist bestimmt ein Werbegag. Im Moment habe ich keine Zeit dafür, muss mich um wichtigere Dinge kümmern. Santas Schlitten ist defekt und muss repariert werden.«

»Santas Schlitten ist kaputt? Man was für ein Zufall, vielleicht finde ich den anderen Schlitten, dann kann Santa den nehmen. Mach mich sofort auf die Suche.«

»Ich …, äh …«, weg war er. Ich wollte ihn eigentlich zur Startbahn zum Schneeschaufelschicken, damit er wenigstens etwas Produktives tut, aber er verschwand so schnell wie ein Arbeitsloser, dem ein Job angeboten wurde.

8. Es war wie bei einem Katastrophendomino

Ich wandte mich ab und konzentrierte meine Gedanken auf mein Vorhaben. Ich wollte zu Elfe Elif und das mit dem Schmied Wieland klären. Doch mein Vorhaben wurde wiedermal unterbrochen.

»Hallöchen Melvin, ach ich bin so glücklich dich zu sehen«, sprach mich plötzlich Wichtel Joshi von hinten an und hielt mir sein Händchen entgegen. Sein Händedruck war wie ein Daunenkissen, seine Sprache geschwollen und leicht nuschelnd und mindestens ein Dutzend Oktaven zu hoch.

»Mein Freund«, fuhr er fort, »holt mich heute Abend ab. Wir wollen Ferien am Polarmeer machen und Eisbären beobachten, wie sie sich paaren und so.«

Joshi ist von seinem eigenen Geschlecht so angezogen, dass er mit seinen feministischen Attributen ein geprägtes Verhalten an den Tag legt. Er ist wie eine biologisch getarnte Elfe mit einer blumig und bunten Aussprache, dehnt einige Worte bedacht aus, spricht manche S-Laute besonders betont und wedelt ständig bei jedem Wort mit der Hand herum.

»Wie schön für dich«, bemerkte ich.

»Mhm.«

»Na dann hast du sicherlich jetzt noch Zeit und könntest mir einen Gefallen tun.«

»Welchen denn, mein Lieber?«

»Du könntest Mika, Elias und Jonne beim Schnee schaufeln helfen.«

»Schnee schaufeln? Oh nicht doch, ich war gerade im Beauty-Nail-Shop und hab meine Nägel machen lassen. Schau sie dir an, sind sie nicht schön? Ein Nageldesign mit Herzen, extra für meinen Freund. Nun stell dir mal vor, das würde alles kaputt gehen, oh man-o-man, das wäre ja gar nicht auszudenken. Außerdem habe ich auch gar keine Zeit für so was, ich muss noch zum Friseur. Meine Haare sehen aus, als wenn sie mit den Zähnen abgeknabbert wurden.«

Dabei lockerte er mit einer Hand seine Haare auf, stupste sie mit der Handfläche nach oben, setzte dabei einen Fuß vor den anderen und lief mit großen Schritten davon. Ich sah ihm hinterher, bewunderte sein Gang, der aussah, als wenn er auf einen Seilband lief.

Gleichzeitig kam mir Kuli der Logistik-Wichtel entgegen und wedelte mit einigen Geschenkanhängern.

»Die sind übrig geblieben«, meinte er und drückte mir sieben von denen in die Hand.

»Und was soll ich jetzt damit machen?«

»Ich weiß nicht, die Geschenke sind weg.«

»Ja und nun meinst du, ich suche sie für dich?«

»Nein …, ich weiß nur nicht was ich machen soll. Schau mal, der Peter hier wünschte sich einen aufblasbaren Gummibärsessel, Tobias einen 5,4 kW Stromaggregat für seine Heavy Metal Musik-Anlage auf dem Spielplatz, Sophie eine Puppe, die richtig pinkeln kann …«

»Und was willst du nun von mir?«, unterbrach ich ihn.

»Das Problem ist, die Geschenke sind laut Liste bereits dem Namen zugeordnet worden.«

»Aha. Das heißt also, ihr habt möglicherweise einige Geschenke doppelt?«

»Nein so was kann eigentlich nicht angehen, aber in der Theorie wäre praktisch alles möglich.«

»Vielleicht habt ihr auch einige Geschenkanhänger vertauscht, Oder?«

»Vertauscht?«

»Ja vertauscht!«

»Mhm. Ja ja, alles geht, nur Frösche hupfen.«

»Und was hattest du heute Morgen so aufgeblasen gesagt?: Stell dir mal vor, ein Junge, der sich eine Carrera Rennbahn gewünscht hat, erhält auf einmal eine Puppenküche oder ein Kinderwagen.«

»Na ja, das wäre ja auch blöd.«

»Dann weißt du ja, was du zu tun hast. Du hast ja noch Candice und Adam die dir helfen. Bis spätestens sechzehn Uhr habt ihr Zeit.«

Ich richtete meinen Blick wieder nach vorne zu den Privaträumen, zu dem Wohnbereich des Mannes in Rot. Feinfühlig klopfte ich, um ihn und auch seine Kinder nicht beim Schlaf zu stören. Langsam öffnete sich ein bisschen die Tür und Elif schaute durch den Spalt.

»Santa schläft noch, komm später wieder«, sprach sie und war dabei die Tür lautlos wieder zu schließen.

»Ey, ey, ey«, rief ich. »Halt stopp, ich will nicht zu Santa, ich will zu dir. Ich muss mit dir dringend reden.«

»Ich hab jetzt keine Zeit, ich muss das Kostüm von Santa noch bügeln, seine Hose weiter machen lassen, die Stiefel müssen noch geputzt werden, das Lunchpaket darf ich auch nicht vergessen. Kekse und Milch, das mag er am liebsten. Du weißt ja, bei ihm dreht sich alles um Kekse und Milch.«

»Wer ist da«, sprach jemand im Hintergrund.

»Oh Santa ist wach geworden«, sprach Elfe Elif und drückte mich aus der inzwischen weiter geöffneten Tür hinaus. »Ich muss mich erstmal um Santa kümmern, komme danach gleich bei dir vorbei. Dann kannst du mir erzählen, was du willst.«

Unverrichteter Dinge stand ich da, die Tür vor meiner Nase zugeschlagen. Nicht mal ein böser Blick gelang mir und so ging ich über zu Plan B. Doch was ist Plan B?, ich hatte nicht mal einen Plan A. Mir blieb auch nicht mehr genügend Zeit, um mir überhaupt einen Plan zurechtzulegen. Das ist ja wie mentale Wellness, Übungen im Übermut, ein richtig spannender Alltag.

Ich glaube, ich werde mich erstmal um Rudolph kümmern und so ging ich rüber zu Medikus-Wichtel seiner Praxis.

Doch es ist wie bei einem Katastrophendomino. Zwei Schritte getan und schon lief mir der Meteor-Wichtel über den Weg.

»Ich suchte dich schon überall«, sprach er zu mir.

»Wieso? Bist du zu meinem persönlichen Stalker erkoren worden? Wenn du Kontakt suchst, fasse doch einfach in die Steckdose.«

»Nein, ich wollte dir nur was mitteilen. Es wird bald losgehen.«

»Was wird losgehen? Ich hoffe was Gutes. Das wäre dann die erste Nachricht, die mich glücklich machen könnte.«

»Na ja, wie man's nimmt. Auf dem Radarschirm schleicht sich ein Schneesturm an. Es wird zu massiven Schneefällen kommen mit bis zu siebzig Zentimeter Neuschnee. Wir rechnen mit einer Windgeschwindigkeit von hundert Kilometern pro Stunde und mehr.«

»Ach du Schande, auch das noch. Wann wird er hier sein?«

»Hm … späten Nachmittag, frühen Abend. Weiß nicht genau.«

»Wie kann so was denn noch passieren«, fragte ich.

»Nun ein Tiefdruckgebiet nähert sich und trifft auf starke Temperaturgegensätze. Der Druck sinkt innerhalb kürzester Zeit rapide ab, der Wind legt zu und massiver Schneefall setzt ein.«

»Das weiß ich selber. Ich habe ganz was anderes gemeint. Was können wir da tun, um diesem Phänomen entgegenzutreten?«

»Beten!«, bemerkte der Meteor-Wichtel.

»Beten?«

»Ja Beten! Mann kann im Grunde alles anbeten, wie zum Beispiel: Freie Liebe, den Fortschritt, eine Notladung, schönes Wetter, Analphabeten nahezu jedes Kind betet vor dem Schlafgehen.«

»Zum Beten ist es leider zu spät.«

»Vielleicht sollte der Schlitten früher abfliegen, bevor der Schneesturm hier ist.«

»Früher abfliegen? Witzkobold. Sehe ich aus, wie die bezaubernde Jeannie? Kann ich meine Arme verschränken, mit den Augen blinzeln und so den Schlitten reparieren, bepacken und abflugbereit machen?«

»Was? Der Schlitten ist kaputt?«, sprach Meteor-Wichtel schockiert.

»Sag bloß, du wusstest nichts davon.«

»Ne, woher auch.«

»Ja der Schlitten ist defekt, eine Schraubenfeder ist gebrochen und muss erneuert werden. Aber keiner fühlt sich verantwortlich, dass mal eben zu erledigen. Ich glaube, das Weihnachtsfest fällt dieses Jahr aus.«

»Nein das geht doch nicht. Lass uns erstmal abwarten. Zwar könnte bei der kommenden Wetterlage und den auftretenden Turbulenzen Santa den Schlitten nicht für eine Sekunde in der Luft halten, aber vielleicht dreht der Wind noch und zieht an uns vorbei. Wenn dann Santa vorsichtig mit dem Gefährt umgeht, könnte Weihnachten dann doch noch stattfinden. Wir sollten einfach mal die nächste Stunde abwarten.«

Warum geht eigentlich alles schied? Warum klappt nichts von alleine? Warum kann man sich auf nichts verlassen, nur noch darauf, dass man nichts als Ärger hat. Ist wirklich alles schwieriger geworden? Oder hat man sich schon letztes Jahr blind darauf verlassen, dass einfach nichts so funktioniert, wie es eigentlich sollte? Ich war innerlich aufgewühlt, könnte Bäume ausreißen, na ja vielleicht eher Stecklinge. Schnell beruhigte ich mich wieder und sprach:

»Okay warten wie also ab. Sag mir sofort Bescheid, wenn sich was ändert.«

»Mach ich.«

Daraufhin verschwand der Meteor-Wichtel und ich konnte endlich die Praxis des Medikus Wichtel betreten.

»Hallo Hevanna-Elfe«, begrüßte ich die Ordinationshilfe. »Ich muss dringend zum Medikus-Wichtel?«

»Bist du etwa krank?«

»Nein, ich nicht. Ist er da?«

»Siehst aber blass um die Nase aus, solltest dich mal gründlich untersuchen lassen.«

»Mach dir keine Sorgen, mir geht es super. Ich bin total fit. Ist der Weißkittel nun da, oder nicht?«

»Nein!«

»Was nein?«

Er ist mit seinen Freunden einen Ausflug machen, in die Elswüste, wollte aber rechtzeitig vor Santas Abflug wieder da sein.«

Es ist, als wenn man zusammen mit Tausenden von Elfen und Wichtel im weißen Wunderland steht und ausgerechnet ich bekommen den Schneeball in die Fresse.

»Na wunderbar. Im Stall liegt ein krankes Rentier und der Medikus-Wichtel hat nichts anderes zu tun, als einen Ausflug mit dem Schneepflug zu machen.«

»Woher weißt du, dass er mit dem Schneepflug unterwegs ist?«

»Schon vergessen, ich bin Melvin und Melvin weiß alles.

. Die Batterie vom Bulli ist nämlich leer und das Überbrückungskabel leidet an das Bermuda-Dreieck Syndrom. Man wo bin ich hier nur gelandet. Der eine macht sich einen faulen Lenz in der Schneewüste, der andere weigert sich standhaft, neue Federn für den Schlitten zu schmieden. Die Startbahn kann nicht vom Schnee befreit werden, weil irgendwelche Wichtel den Schneepflug als Bulli-Ersatz missbrauchen. Wo soll das alles noch hinführen? Dann schau wenigstens du nach Rudolph.«

»Ich kann hier nicht weg. Stell dir mal vor, da kommt einer Kranker, der in höchster Lebensgefahr schwebt und niemand ist hier.«

»Da kommt ein Kranker, der in höchster Lebensgefahr schwebt? Im Stall liegt ein Kranker und schwebt in Lebensgefahr, nicht nur er, das ganze Weihnachtsfest schwebt in Lebensgefahr. Vielleicht hat Rudolph auch nur eine Verstopfung, aber ohne Rudolph kann Santa nicht starten. Erstens schaffen es die anderen Rentiere nicht, den schweren

Schlitten alleine zu ziehen und zweitens ist Rudolph der Signalgeber. Also bewegt dich gefälligst in den Stall und bring das Rentier auf die Beine.«

Ich ging daraufhin in die Fabrikationshalle. Dort befanden sich genügend Wichtel, die ich zum Schneeschaufeln abkommandieren könnte. Doch kaum stand ich in der Nähe des Tresens zur Kantine, bedrängte mich Anni:

»Eine Schoki? …, mit einem Schuss oder zwei Schuss?«

»Äh …, nein nicht im Moment nichts.«

»Bis du morgen auch beim Schlittschuhlauf-Wettbewerb dabei?«, fragte sie.

»Äh … wer ich?«

»Ja du!«

»Na ich … äh … ich kann doch nicht Schlittschuh laufen.«

»Doch du kannst es bestimmt. Mir wurde es auch mal beigebracht und …, ich bringe es dir bei.«

»Nein, nein lass mal. Ich bin schon als Knirps immer hingefallen, da wird es jetzt nur noch viel schlimmer sein.«

»Du musst keine Angst haben, ich bin doch bei dir.«

Ich winkte ab, hatte irgendwie das Gefühl, als würde man mich zuweilen als ein unreifes Wichtelkind behandeln. Dabei schritt ich in die Mitte der Halle, holte tief Luft und schrie:

»So Leute, jetzt fängt der Stress an. Ich brauche Freiwillige zum Schnee schaufeln? Da der Schneepflug unterwegs ist, muss die Startbahn manuell gesäubert werden.«

Es wurde still, sonderbar still. Eine seltsame Stille, die mit einem unheimlichen Gefühl angeweht wurde. Keine Maschine war mehr zu hören, keine Bewerkstelligung zu vernehmen.

»Hallo ist hier irgendjemand?«, rief ich.

Wenn jemand laut ruft, dann bedeutet das, dass man die Aufmerksamkeit auf sich lenken will oder zumindest, dass man ihm ein Ohr leiht. Einige der Wichtel und Elfen ließen ihren Kopf kurz vorschnellen und lugten dabei flüchtig zu mir rüber, äußerten sich aber nicht.

Ich stand da wie ein Schneemann, den Kinder zusammengerollt und dort platziert hatten. Niemand schien mich wahrzunehmen, niemand mich zu bemerken. Handelt es sich hier um einen

Streik?, ausgerechnet am Heiligabend? Ist das Weihnachtsfest in Gefahr?

Ich dachte an all die unschuldigen Kinder, die nun keine Geschenke bekommen würden, nur weil man streikt.

»Sag mal hört mir irgendeiner zu?«, schrie ich durch die Halle. »Bin ich unsichtbar? Ein Geist? Ich möchte, dass jeder dafür sorgt, dass die Startbahn vom Schnee befreit wird.«

Ich bekam immer noch keine Antwort und die paar Elfen und Wichtel, die immer noch zu mir rüber lugten, verschwanden schnell wieder in ihren Werkstätten. Das Schweigen ist eigentlich ein Gefühl für Zusammenhalt, aber nicht dieses Schweigen, das ist Geringschätzung.

»Okay es reicht«, zeterte ich los. Ich war ärgerlich, erregt, übellaunig, wütend, entrüstet, grimmig, verdrossen, gereizt, verärgert, zornig, empört, entrüstet, missgelaunt, grantig, mürrisch und … ich weiß nicht was noch alles. Meine Stimme erhob sich, wurde lauter, wie das Crescendo eines Orchesters:

»Alle und damit meine ich wirklich alle hier, gehen jetzt raus und schaufeln den Schnee von der Piste.«

Aufgewühlt war ich, hatte mich so hochgeschaukelt, dass ich ein schnell schlagendes Herz bekam und mich mit jeder noch so nichtigen Kleinigkeit ganz schnell in Wut hineinsteigern konnte. Ich fühlte mich wie ein bis zum Anschlag aufgepusteter Luftballon, der kurz vorm Platzen war.

Ich ging an die Frische Luft, um mich zu beruhigen.

9. Plötzlich ein Nebel, ein weißer Nebel aus dem eine Gestalt hervortrat

Es war kalt draußen, die Dunkelheit brach herein und es hatte aufgehört zu schneien. Eine Bank stand vor mir, voll mit Schnee. Mit der Hand schob ich ihn herunter und ließ mich nieder.

Ich bemühte mich an was anderes zu denken, als an die schrecklichen Minuten zuvor. Wir Elfen und Wichtel sind eigentlich ein ruhiges Volk, nie werden wir ausfallend, noch reden wir laut oder gar schreien. Was ist in mir gefahren? Bin ich überfordert? Oder habe ich nur viel zu hohe Erwartungen?

Ich schaute zum Himmel, sah Sterne, die da stillstanden. Sie waren schön wie nie zuvor, einer heller als der andere. Manche zitterten ein wenig, als wenn sie frieren würden, genau wie so langsam auch ich.

Da, der Polarstern, der wohl bekannteste Stern überhaupt. Er wird auch Lotsenstern genannt, weil er die Orientierung zu Land und zu Wasser ermöglicht. Er steht am Ende der Deichsel des Kleinen Wagens. Da aber die meisten Sterne um den Kleinen Wagen herum recht lichtschwach sind, benutzt man eher den Großen Wagen. Hier verbindet man die beiden hellen hinteren Sternpunkte miteinander, verlängert diese Linie um das

Fünffache und schon gelangt man zum Polarstern.

Nicht nur Seefahrer orientierten sich seit Tausenden von Jahren beim Steuern ihrer Schiffe an fixe Punkte am Himmel, auch Karawanen, die nachts unterwegs waren, nahmen das Sternbild als Hilfe an sowie auch einzelne Fremdlinge, die dem Stern der Weisen folgten.

Er war klarer und größer als die anderen. Damals ist er im Osten auferstanden und über den Sternenhimmel wanderte, bis er über einen kleinen Stall in einem fremden Land stehen geblieben war, indem unter anderem ein Esel und eine Kuh ihr Dasein fristeten.

Drei Könige in kostbaren Gewändern gehüllt, mit goldenen Kronen auf ihren Häuptern folgten diesem Stern und betraten diesen ärmlichen Stall. Sie beglückwünschten die Eltern zur Geburt ihres Kindes und überreichten Gold, Weihrauch und Myrrhe. Es waren Geschenke für das Neugeborene. Dabei knieten sie vor der Krippe nieder und jeder König küsste dem kleinen Jungen das Händchen.

Später kamen Hirten und als sie das Kind in der Krippe sahen, gaben sie ihm alles, was sie hatten: Brot, Käse, Früchte und

Wein. Dann knieten auch sie nieder und verbeugten sich vor ihm.

Ja ich kann mich noch gut an die Geschichte erinnern. Sie wird immer wieder von den Menschen zur Belebung des Weihnachtsfestes erzählt, aber eigentlich nie richtig verstanden.

Plötzlich ein Nebel, ein weißer Nebel, ein nahezu undurchdringlicher weißer Nebel, der wie eine kosmische Staubwolke auf mich wirkte. Eine Kontur war zu sehen eine Kontur, die langsam durch den Nebel schwebte und dessen Ränder von Sternen umflogen wurden, die glitzerten, wie der wunderbare Glanz von Tausenden von Glühwürmchen.

Als der Schattenriss, der nur verschwommene Umrisse zeigte, aus dem Nebel hervortrat, nahm die Gestalt mehr und mehr an Form an. Es war ein Engel, ein weiblicher Engel, eine Engelin in einem weißen schlichten Gewand, das bis zu den Füßen reichte. Sie war schlank, feingliedrig und wunderschön, und sie hatte ein ausgesprochenes freundliches Gesicht mit schulterlangen Haaren, die goldgelb erschienen. Mit ihren rosa Pausbacken hatte sie das Aussehen, wie das lächelnde Kind auf der Zwieback-Verpackung.

Im leichten Wind bewegte sich der Schleier und um ihren Körper strahlte dieses warme, weiche Licht.

»Produktiver Tag heute?«, fragte der Engel.

»Äh …, meinst du mich?«

»Sitz da noch jemand neben dir auf der Bank?«

»Äh … nein!«

»Siehst du sonst irgendwo jemand in deinem Umfeld?«

»N-e-i-n.«

»Na also! Und?, hat dir der heutige Tag schon was gebracht?«

»Ja, Migräne«, antwortete ich.

»Na ja, noch ist nicht aller Tage Abend.«

»Haah, es gibt Tage, die sollte man im Kalender streichen«, bemerkte ich frustriert, schaute ihn an und bemerkte: »Sag mal frierst du nicht in deinem Nachthemdgleichen Kittel?«

»Ersten frieren Engel nicht und zweitens ist das kein Nachthemd, sondern eine Dienstkleidung, die den Blick auf den freien Körper verhindern soll. Und …, und du?, warum bist du so klein?«

»Delikatessen sind immer kleiner«, antwortete ich.

Plötzlich hüllte mich ihre Nähe ein, wie eine Daunendecke, und ich fühlte, wie die Wärme in mir floss. Ihre Hände berührten meine Gedanken und ermutigten mich, zu erzählen. Zu erzählen von dem Schlitten und seinen defekten Flugwerk, von dem kranken Rudolph und den Medikus in der Eiswüste, von der verschneiten Startbahn und den fehlenden Flug, von der Kette für Santa und den vereinnahmten Schmied. Dann waren da noch die übrig gebliebenen Kärtchen, die keinen Geschenken zugeordnet werden konnten, der zum Nordpol hin bewegte Schneesturm, der ein Starten schier unmöglich machen könnte und zwischendurch immer wieder diese nervigen Bemerkungen von der Konkurrenz, die sich zwischen Menschen aufhält.

»Ich glaube, ich bin heute etwas neben der Spur«, sprach ich danach zu dem Engel.

»Neben der Spur? Warum?«

»Vielleicht ist es der Stress? Vielleicht müssen wir dieses Jahr Weihnachten absagen?«

»Absagen?«

»Ja Absagen!«

»Warum?«, fragte das weibliche Engelskind.

»Ja sag mal, hörst du mir überhaupt zu? Heute ist Heiligabend oder was glaubst du auf den wievielten Heiligabend fällt? Also Neujahr ist der Erste. Und außerdem ist der Schlitten kaputt, ein Schneesturm naht und Santa kann möglicherweise nicht starten.«

»Ich weiß.«

»Was weißt du?«

»Na alles.«

»Ja toll, wenn du alles weißt, warum fragst du denn?«

»Nur so!«

»Weißt du, früher war alles einfacher. Da transportierte Santa Claus die Geschenke ganz alleine, da wurden sie noch einzeln an die Rentiere gebunden. Doch dann brachten immer mehr Frauen Kinder zur Welt. Aus den einst zwei Rentieren wurden mittlerweile acht, mit Rudolph sogar neun. Der ursprüngliche einsitzige Schlitten wurde dann zum Zweisitzer umgebaut und im Laufe der Zeit erhielt er noch eine zusätzlich geräumige Ladefläche mit sechs festen Zurrpunkten und vier flexiblen, sowie ein Ablagefach für ein Ladungssicherheitsnetz.

Heute ist der Schlitten ein stylistisches Ungetüm. Er wurde total entkernt, die Innereien herausgenommen und auseinander geflext. Geeignete Vierkantrohre aus massivem Stahl bildeten die Basis einer Verlängerung. Der Schlitten brauchte solche Implantate, damit er nicht durch das Gewicht der Geschenke durchhängt. Dadurch wurde dieser Stretch-Schlitten stabil wie eine Brücke. Neue Seitenteile wurden angebracht und zum Schluss die eingesetzten Teile an die Ursprungsfarbe angeglichen.

Dann bekam er noch stärkere Federn, stabilere Kufenaufhängungen, eine verbreitete Spur, verlängerte Kufen und einen High Speed Gasantrieb, der ihn mit einer Reaktionszeit von null Komma sieben Sekunden auf höchste Fluggeschwindigkeit bringt. Er verfügt über vier Kufen, wobei die vorderen zwei auf einer Pendelachse lagern. Zusätzlich bekam er noch eine Anhängerkupplung mit schwenkbarem Kugelhals.«

»Wow, mit schwenkbarem Kugelhals.«

»Ja, da schwenkt die Kugelkopfkupplung durch Knopfdruck unter das Gefährt und rastet dort ein. Und das vollautomatisch. Sieht irgendwie cooler aus.«

»Cooler, aha.«

»Ja und der Schlittenanhänger, der bekam das gleiche Ausmaß wie der Schlitten selber, verfügt über einen versenkten Einbau von Airlineschienen und damit für die optimale Befestigung der Geschenke. Auch er verfügt über vier Kufen, zwei vorne und zwei hinten, wobei die hinteren mit einer Spurhaltefixierung ausgestattet wurden, über adhäsionsgelenkte Achsen verfügen und so selbstlenkend fungieren, das heißt, wenn der Schlitten in eine Kurve fliegt, lenkt der Anhänger einfach mit.«

»Ja und warum erzählst du mir das alles?«

»Äh …, weil ich dachte, es würde dich interessieren.«

»Warum sollte mich das Interessieren?«

»Naja du bist doch ein Engel und deine Aufgabe ist es doch, uns bei Ängsten, Leid und Kummer zu unterstützen, an unserer Seite zu stehen und uns zu leiten, und seelischen Beistand zu geben, wenn man eine Lebenskrise durchmacht, wenn man sein persönliches Nine-Eleven erlebt, wenn du verstehst, was ich meine.«

»Hey verwechselst du mich mit den Gelben Engeln? Werde ich mit Jahresbeiträgen bezahlt? Nein! Mein Job ist die typische Harfendudelei auf einer Wolke und ich werde dafür mit uneingeschränkter Liebe und Dankbarkeit entlohnt.«

»Ja …, aber … warum bist du denn hier?«

»Weißt du, diese körperliche, anstrengende, einseitige Arbeit belastet meine Knochen zu sehr. Durch diese Rückenstrapazierende Arbeit habe ich mir eine Wirbelkanalstenose hinzugezogen. Jetzt habe ich mich entschieden erst mal eine Out-Zeit zu nehmen und mich gleichzeitig auf die Suche nach einer abwechslungsreicheren Beschäftigung aufgemacht. Dabei bin ich nun zufällig hier bei dir gelandet und …, hast du vielleicht einen Job für mich?«

»Äh …, ich …? Nein! Was ich brauche, ist ein Mechaniker, ein Schmied, ein Elektriker, einen Schneepflug, flugfähiges Wetter, vernünftige Logistik und nicht nervende Kollegen.«

»Das passt gut, ich bin Machhenniger, habe jahrelang im Hochofen gearbeitet, kann Schnee schnell zur Schmelze bringen, verfüge über meteorologische Kontinenz, bin Downloadpirat 2.0 und gehe niemanden auf den Puffer.«

»Aha! Und wie willst du das alles machen?«

»Nun, wie du siehst, bin ich unverkennbar ein Engel.«

»Hä, hä, hä, sehr witzig.«

»Was ist da so witzig bei?«

»Nun, in nicht mal zwei Stunden ist Abflug. Wie willst du in so kurzer Zeit alles schaffen?«

»Nun, wichtig ist der Glaube, denn der wird alles verändern. Doch wenn man glaubt, dass man in Zukunft nur noch gute Zeiten erleben wird, dann ist man falsch gewickelt. Man wird auch weiterhin durch schwierige Umstände gehen müssen, wie Krankheit, Trauer, Sorgen und vielleicht sogar mit einem kaputten Schlitten arbeiten müssen. Niemand kann sich die sichtbaren und unsichtbaren Wunder dieser Welt vorstellen und begreifen.

Man nimmt eine Schneekugel, schüttelt sie und sieht sofort, wie der Schnee sanft auf die wundervollen Motive in der Schneekugel rieselt. Ein Schleier hingegen verhüllt die unsichtbare Welt, ein Schleier, den niemand zerreißen kann. Nur der Glaube kann in Öffnen um die dahinterliegende Schönheit und den Glanz zu bewundern.«

»Und was soll ich deiner Meinung nach tun?«

»Na nicht hier dumm herumsitzen. Geh an deine Arbeit. Wie du schon sagtest, in fast zwei Stunden ist Abflug.«

Daraufhin wurde der Nebel immer schwächer, der Engel immer kleiner und schließlich verschwand er in der Unendlichkeit des Nachthimmels. Ich sah zum Himmel, in diese unendliche Weite, ließ mir die Offenbarung nochmals durch den Kopf gehen.

»Da fragt die mich doch tatsächlich, warum ich so klein bin«, flüsterte ich zu mir.

»Hallo, geht's noch?«, rief ich dann lautstark in den Himmel. »Wir sind so klein, weil wir uns so mit den Kindern besser verbunden fühlen. Ja, darum sind wir so klein, jetzt weißt du das.«

Ruhe trat ein, es kam keine Antwort, klar, woher auch.

Plötzlich höre ich eine Stimme hinter mir:

»Hier eine Schoki mit Schuss, mit doppeltem Schuss.«

Es war Elfe Anni, die mit einem dampfend heißen Becher hinter mir stand und ihn mir entgegen hielt.

»Mit doppeltem Schuss?«, informierte ich mich.

»Pssssst«, meinte sie und hielt ihren Zeigefinger vor den Lippen. »Braucht doch keiner zu wissen, aber danach kommst du gleich rein, wir brauchen dich drinnen.«

Vorsichtig nippte ich an dem Becher, müsste höllisch aufpassen, mir die Lippen nicht zu verbrennen. Der doppelte Schuss brachte so richtig mein Kreislauf in Wallungen.

10. Es war eine kabarettistische Erlebnisshow mit viel Spaß und Spannung auf hohem Niveau für sie und Überraschung für mich

Ich sitze immer noch hier draußen bei meiner heißen Schokolade und erlebe, wie der doppelte Schuss so langsam meine Gedanken träge macht. Mit kleinen gleichmäßigen Schlucken trinke ich das Heißgetränk, lasse es meine Kehle herunterfließen und meinen Magen mit Wärme füllen.

Dann war der Becher leer. Ich schaute hinein und sah, wie noch die letzten Tropfen an den Seitenwänden herunterschlierten und sich am Bodenrand sammelten. Nach einigen Sekunden war dann Stillstand und eine kleine Menge von diesem herrlichen kakaohaltigen Getränk lang am Boden und bildete die Neige. Lechzend nahm ich auch diese restliche Flüssigkeit auf.

Mit dem leeren Becher in der Hand und leicht gefrorenen Fingern ging ich dann zurück in die Fabrikationshalle. Dort überraschte es mich gewaltig. Während sich die Apokalypse über uns hermachte, waren hier die Elfen und Wichtel beim Feiern. Fröhlich sangen sie:

It's that time,

Christmas time is here
everybody knows,
there's not a better time of year
Hear that sleigh,
Santa's on his way
hip, hip hooray, for Christmas vacation.

Ja es ist wieder mal die Zeit des Jahres, wo man sich auf die heiß erwarteten Ferien freut. Jedem sei es gegönnt, für die geleisteten Arbeiten des zurückliegenden Jahres, zwischen Weihnachten und dem Dreikönigstag freizubekommen. Doch stehen wir nicht vor einem ganz anderen Problem? Was ist mit Santas Schlitten?

»Hey, hey«, versuchte ich einige beim Tanzen zu unterbrechen, doch sie ließen sich nicht beherzigen, tanzten einfach freudestrahlend weiter und sangen:

Gotta a ton of stuff to celebrate
(Jing-a-ling-a-ling-a-ling-ling)
Now it's getting closer, I can't wait
(Jang-a-lang-a-lang-a-lang-lang)
Gonna make this holiday
as perfect as can be
just wait and se
this Christmas vacation.

Dann sah ich Santa, wie auch er mit seiner Elif das Tanzbein schwang. Ich versuchte mich bemerkbar zu machen, sein Augenmerk auf mich zu richten, rief und gestikulierte mit den Armen, doch er bemerkte mich einfach nicht. Dann endlich, das Diminuendo, die Lautstärke des Liedes verringerte sich und fand seinen Ausklang. Doch meine Stimme dröhnte weiter und plötzlich wurde alles ruhig. Jeder schaute zu mir rüber, auch Santa.

Langsam erhob er seinen Arm, wie einst Gaius Julius Cäsar, als er zu seinem Volke sprach:

»Qui habet aures audiendi, audiat«, was soviel heißt wie: Wer Ohren hat zum Hören, der höre.

Es wurde ruhig, ein friedlicher Moment, der geradezu nach massentauglicher Erbauung schrie. Die Halle war voll mit emotional geladenen Elfen und Wichteln, die nach den Strapazen der letzten Wochen und Monate ein wenig Ablenkung suchten. Eine seltsame Spannung lag in der Luft.

»Ave Cäsar, morituri te salutant«, rief ich ihm zu, was soviel hieß wie: Grüß dich Cäsar, die Todgeweihten tun es auch. Doch dann bemerkte ich die Verwechslung, dass nicht Cäsar, sondern Santa vor mir stand und korrigiert daraufhin sofort meinen Wortschatz: »Äh … hallo Santa, meinte ich, schön dich zu sehen.«

»Melvin hier geht gerade voll die Party ab, komm feiere mit uns.«

»Feiern? Du scheinst nicht zu wissen, was für Probleme wir haben. Dein Fluggefährt ist kaputt, der Schmied weigert sich neue Federn herzustellen, auf der Startbahn ist die weiße Hölle los, der Schneepflug schwirrt irgendwo in der Eiswüste herum, das Wetter wird sich demnächst von seiner stürmischen Seite zeigen, Geschenke sind vertauscht worden, Rudolph liegt flach im Stroh und keiner fühlt sich verantwortlich, irgendein Handschlag dagegen zu unternehmen. Und in solcher Problemlage, da willst du feiern? Das ist ja …, das ist ja wie ein Kabelbrand im Herzschrittmacher.«

Santa legte seinen Arm kumpelhaft um meine Schulter, ging mit mir in gemächlichen Schritten um die Douglasie herum und sprach:

»Jeder, der ein Weihnachtsfest feiert, kennt dieses Gefühl, das Gefühl der Aufregung, der Vorfreude, der Blick für alles Schöne und Gute. Es weht einem ins Herz und lässt uns hoffen auf ewigen Frieden und Glück.«

»Ja aber …«

»Wie lange kennen wir uns schon, Melvin?«

»Eine Ewigkeit.«

»Ja das stimmt. Ich entsinne mich, es war die Zeit, wo man dachte, Mallorca und Maijorca wären unterschiedliche Inseln. Ich war damals noch eine zwerghafte Erscheinung, ein Baby und du warst derjenige, der mir ständig in die Wangen gekniffen hatte. Oh hatte ich das gehasst. Und dann deine Sprache: Eideidei, dutzi-dutzi ja haddedadedu in die Hose gemacht, ja toll haste das gemacht, du kleiner Süßer du, ja du kleiner Süßer dutzi-dutzi.«

»Das ist nun mal die Sprache, die Babys und Kleinkinder verstehen«, bemerkte ich.

»Ja, aber doch nicht, wenn man sich bereits im schulpflichtigen Alter befindet.«

»Hättest du dich lieber schriftlich mit mir unterhalten? Oder lieber wortkarg wie in einem Stummfilm?«

»Egal! Auf jeden Fall bin ich froh, dass es dich gibt. Du hast die Fähigkeit, andere zu imponieren, bist überall beliebt und wirst anerkannt und bewundert. Du hast ein gewisses Statussymbol, man schätzt dich. Wir alle wissen, dass man sich auf dich verlassen kann. Selbst meine beiden Kleinen können dich gar nicht mehr missachten und dafür danken wir, Elif und ich, dir ganz herzlich.«

»Das mache ich doch gerne. Wenn ihr Mal wieder ausgehen wollt, bin ich immer gern bereit, auf eure Kinder aufzupassen.«

Ja, aber hör bitte auf, mit einem angefeuchteten Taschentuch ständig die Mundwickel der Kinder zu reinigen. Sie mögen es nicht. Das hattest du bei mir auch immer gemacht und ich konnte es damals auch schon auf den Tod nicht ausstehen. Und erzähl nicht immer, dass Spinat gesund sei und das da viel Eisen drin ist. Sollen meine Kinder nach dem Genuss von diesem Dosenfutter irgendwann mal wie Popeye aussehen?, mit überdimensional-großen Unterarmen?«

»Bei mir hatten sie es immer gemocht.«

»Ja das hatten wir an der Küche gesehen, die überall grüne Flecke aufwies.«

»Aber in Spinat soll wirklich viel Eisen drin sein.«

»Blödsinn«, fuhr Santa fort. »Oder meinst du, dass wir Eisenschrottplätze sind? Mom hatte damals auch immer herumgemeckert, dass man kein Wasser trinken darf, wenn man vorher Kirschen gegessen hat; dass man kein Kaugummi herunterschlucken sollte, weil sonst der Magen verklebt; dass man beim Niesen die Augen schließt, damit sie nicht herausfallen und dass man vor allem nicht absichtlich schielt, weil sie sonst irgendwann so stehen bleiben.«

»Es waren doch alles nur gut gemeinte Ratschläge«, betonte ich.

»Das weiß ich auch. Aber ich hätte dich damals, als du dein speichelgetränktes Taschentuch mir durchs Gesicht gezogen hattest, am liebsten über eine imaginäre Treppe aus dem einundzwanzigsten Stockwerk geschubst. Selbst als ich schon sechszehn war, kamst du mit deinem Taschentuch an. Geschworen hatte ich mir, es dir heimzuzahlen. Mein geniales Gehirn hatte schon damals eine Lösung ausgearbeitet, doch Mother und Father Christmas waren dagegen. Dann verfiel meine Genugtuung in einen Dornröschenschlaf.

Doch im Laufe der Zeit fiel mir dann ganz was anderes auf. Es war dir eine Freude, einen Schabernack mit anderen zu treiben, du selbst hast aber nicht die charakterlichen Eigenschaften, welche einzustecken und so hatte man dich immer mehr bei den Ausübungen von Streichen außen vorgelassen.

Eigentlich seid ihr Elfen und Wichtel dafür prädestiniert, witzig zu sein, Glück und Freude zu verschenken, immer zu übermäßigen Streichen aufgelegt, euch gegenseitig auf die Schippe zu nehmen. Das fördert euren Lebensmut, eure Arbeitsmoral, euer Zusammensein, Fröhlichkeit, Herzlichkeit, Innigkeit, Hilfsbereitschaft. Ihr seid Wesen, die einfach lustig sein müssen, ihr könnt nicht anders. Das heißt aber auch, wer austeilt, muss auch einstecken können. Und in diesem Zusammenhang fiel mir wieder meine Kindheit ein.«

»Aha!«

»Schon vor langer Zeit hatte ich mit deinen Kollegen und Kolleginnen geplant, dich mal so richtig reinzulegen. Alle machten mit, und es hat vorzüglich geklappt.«

In diesem Moment streuten die Elfen und Wichtel auseinander und bildeten eine Gasse. Wie patriarchalische Diktatoren marschierten Wieland, Kuli, Kristeen, Nereus, Skip, Michel, Legolas und Elias, Mike und Jonne durch diese Gasse.

Ich war erstaunt, fassungslos, überrascht, perplex, baff, stand wie versteinert da, sah nur wie die glorreichen Sieben und die drei Schneeräumungs-Musketiere mit gemächlichen Schritten und mit einem erheiterten Lächeln, welches deren Lippen umspiegelte, auf mich zukamen.

Einige aus dem Publikum schwankten ihr Zipfelmützen gekonnt um den Zeigefinger, andere warfen sie in die Luft und fingen sie wieder auf. Es war wie der Showdown in einem Wild West Film, mittags zwölf Uhr, wo sich Cowboys vor der Kneipe zu einem Duell treffen.

Langsam kamen sie näher und mir wurde plötzlich bewusst, dass ich hereingelegt wurde, dass der Schlitten nie defekt gewesen war, dass man mir die falsche Startbahn genannt hatte, dass die Geschenkanhänger absichtlich in doppelter Ausführung beschriftet wurden, dass die Rostmaschine an einer stromlosen Steckdose hing, dass die neue Software für das Uhrlaufwerk bereits vor Monaten erfolgreich installiert wurde, dass Rudolph simulierte, der Bulli mit vollgeladener Batterie im Abstellraum stand, der Schneepflug auf der anderen Piste im Einsatz war und das Wetter eigentlich ideal für einen einwandfreien Start sei. Nur das mit der Kette für Santa, das schien Wirklichkeit gewesen zu sein.

Vor mir standen nun die Lockvögel, die mich übertölpelten. Sie sahen mich an, rissen mich an sich, umschlossen mich mit ihren Armen und klopften dabei auf meinen Rücken, als wenn man jetzt von mir erwarten würde, dass ich mein Bäuerchen mache.

Und dann jubelten alle, strahlten, kreischten, lachten und triumphierten. Es war wie der hysterische Beginn einer Party, wie die zwanglose Sause ohne Alkoholgenuss, wie das Mulatschag ohne dabei, Geschirr zu zertrümmern.

Sie hatten ihre Fantasie freien Lauf gelassen und mich aufs Glatteis geführt. Das war eine kabarettistische Erlebnisshow mit viel Spaß und Spannung auf hohem Niveau für sie und voller Überraschung für mich.

»Ihr habt mich hereingelegt und ich habe das nicht einmal bemerkt«, verwunderte es mich und hatte dabei ein Schmunzeln auf den Lippen.

»Ja, das war alles wirklich nur ein Scherz«, bestätigte Santa. »Geplant hatten wir, dass nur der Schlitten defekt sein sollte, doch dann ergab sich alles andere wie ein Dominoeffekt, wo ein umfallender Stein alle anderen mitreißt.«

»Was für eine schauspielerische Leistung. Man konnte auch präzisieren und sagen: was für Genies und das alles nur um mich einmal irrezuführen?«

»Nicht nur wir fallen auf solche misslichen Lagen herein auch Wichtel wie du.«

»Wow, und ich dachte schon, das Weihnachtsfest müsste ausfallen. Da habt ihr mich aber ja ganz schön aufs Glatteis geführt«, rief ich lautstark quer durch die Halle.

Und wieder kam Anni auf mich zu, nahm mir meinen Becher aus der Hand und hielt mir einen neuen entgegen:

»Hier eine frische, heiße Schoki«. Dabei beugte sie sich ein wenig zu mir rüber und flüsterte dann: »Mit doppeltem Schüsschen«, zwinkerte dabei mit dem rechten Auge und verschwand.

»Danke«, rief ich ihr noch hinterher, »den kann ich jetzt gebrauchen.«

Dann erhob ich meinen Becher und wandte mich an alle Anwesenden:

»Okay, das schreit natürlich nach einer Vergeltungsmaßnahme, Rache für euch alle. Dennoch frohe Weihnachten.«

»Frohe Weihnachten erwiderten alle«, wobei einer noch neugierig fragte:

»Und wie willst du dich rächen?«

»Vielleicht schalte ich eine Anzeige mit deiner Adresse: Millionär wartet auf Einbrecher oder ich besorge mir ein Parfum mit einem Klo-Geruch und sprüh dich heimlich damit ein. Warte doch einfach ab, du wirst es schon merken.«

»So in einer halben Stunde ist Take-off«, mischte sich Santa ein. »Wir treffen uns dann in der Logistikhalle.«

Und schon war die After-Work-Party im Gange. Die einen sprachen über die gelungene Farce, amüsierten sich über den geglückten Streich, während die anderen lachten, tanzten oder wieder sangen:

Walkin' with you in a winter's snow
kissin' underneath the mistletoe
people smiling everywhere we go
it's Christmas Eve and they can see we're in love.

Ein sehr schönes Lied dachte ich mir und ertappte mich dabei, wie meine Füße im Takt sich bewegten, wie meine Stimme sich leise erhob und ich den Text mitsang:

Ooh, you make the season bright
with the lights reflected in your eyes
all my dreams are comin' true tonight
it's Christmas Eve and I can see we're in love.

Jedes Jahr artet der Abflug in eine Party aus. Es ist das Ende der Saison, das Ende der Adventszeit. Für uns Wichtel und Elfen fängt eine Ruhepause an, für viele Menschen hingegen besinnliche Stunden im vertrauten Familienkreis.

Dann war es soweit, alle marschierten in die Logistikhalle, wo der Schlitten bereits am Bepacken war. Nur noch vereinzelt wurden Päckchen verstaut. Während Logistikwichtel Kuli die Packliste kontrollierte, die den einwandfreien Versand bestätigt, waren bereits vier Lascher-Wichtel mit dem Verzurren und Befestigen der Geschenke beschäftigt. Das ist wichtig, wäre ja schlimm, wenn die Geschenke irgendwo auf der Strecke bleiben, nur weil schlecht verstaut wurde.

Zuletzt bekam ich die Liste, drückte Kuli meinen Becher in die Hand, der ihn entgegen nahm, ihn an den nächsten weitergab und so der Becher in einen anschließenden nie wiederkehrenden Umlauf verschwand. Ich blätterte die Liste kurz durch, zeichnete sie dann unbefangen ab und gab sie Kuli zurück.

Inzwischen ging das Teleskop-Schiebtor auf und die Rentiere trabten einzeln herein. Sie schüttelte alle ihr Köpfe, ließen den Schnee zu Boden fallen, der sofort zu schmelzen begann. Dabei hörte man den schönen klang des Glockenbandes, der an den Hälsen der Rene angebracht war und bei jeder Kopfbewegung zu schellen anfing.

Schön sahen sie aus, waren glatt gestriegelt und glänzten im Licht der Hallenstrahler. Ich ging auf Rudolph zu, der, als er mich sah, versuchte sich hinter den anderen Rentieren zu verstecken.

»Komm raus du Feigling«, sprach ich zu ihm, worauf der mit gesenktem Kopf mir entgegentrat. »Wie kannst du nur das Spiel mitmachen. Ich habe mir Sorgen um dich gemacht, weil ich dachte, du wärst wirklich krank.«

»Böäääh«, antworte Rudolph, was so viel wie Entschuldigung heißen könnte aber auch: So bin ich eben, falsch wie ein Euro aus Gummi.

»Ich weiß ja, Santa hat das angeordnet, weswegen bin ich dir auch nicht böse.«

Leicht streichelte ich ihn über das Nasenbein bis hin zu den dünn beweglichen Rändern der Nüstern, die fein behaart und weich sind. Ja er mag es, wenn man ihn liebkost, wenn man seinen Kopf an den von Rudolph lehnt und nette Worte spricht. Aber wer mag das nicht, Rene sind ja schließlich auch Lebewesen.

Alle standen um den Schlitten herum und warteten auf Santa. Seit Santa verheiratet ist, wird das Abschiednehmen von seiner Elif immer schwieriger. Er benimmt sich immer noch wie ein verliebter Gockel und so warteten wir.

11. Dann der Start und Weihnachten konnte beginnen

Das Warten kennt jeder und keiner mag es. Doch eigentlich warten wir fast immer auf etwas, aufs Christkind, auf Weihnachten, auf die Geschenke, ja selbst wenn ich mir eine Schoki bei Anni bestelle, muss ich warten, bis sie fertig ist. Dafür ist sie dann auch besonders heiß und frisch zubereitet. Es gibt also keine Möglichkeit, das Warten zu umgehen, also muss man damit umgehen können.

Schon allein bei dem Gedanken, auf etwas warten zu müssen, verdreht man die Augen. Warten ist eine tote Zeit, eine Zeit, in der man nichts Vernünftiges anfangen kann, die man einfach überbrücken muss. Tatsächlich aber wartet man nicht auf irgendetwas, nein, man wartet auf etwas Bestimmtes, Angenehmes, Vergnügliches, Wohltuendes, auf etwas, was den Alltag vielleicht sogar einen Höhepunkt verleiht, genau wie wir, die hier auf Santa warten, der mit seinem Abflug das Ende der Saison verkündet und gleichzeitig die Werksferien bis zum Dreikönigstag einläutet.

Warten ist auch etwas rein Subjektives. Keiner weiß es, warte ich hier auf Santa Claus oder schaute ich mir nur zum Vergnügen den Schlitten an, wie professionell und geometrisch die Geschenke angeordnet wurden. Niemand außer einem selber kann diese Frage beantworten.

Doch keiner verspürt die Neigung, sich auf eine Warterei einzulassen. So unterhalten sich einige, um so dem Eintreffen von Santa entgegenzuwirken, wobei einem, auch bei einer angeregten Unterhaltung, oft die Zeit besonders langsam zu vergehen scheint.

Dann endlich war es soweit. Das Warten hatte sein Ende gefunden. Der Mann mit dem langen weißen gelockten Bart, dem dicken Bauch, der sich standhaft gegen den Zwang eines Gürtels wehrte, den schwarzen Springerstiefel und der roten Kutte mit dem schneeweißen Pelzbesatz trat herein.

Sofort umringten die Elfen und Wichtel ihn, der hinter dem Schlitten stehen blieb und die Lage erstmal sondierte. Danach inspizierte er den Schlitten, begrüßte jedes einzelne Rentier, streichelte es ausgiebig und stellte sich dann auf die seitlich angebrachte Stufe am Schlitten, auf das Trittbrett.

»Jupiii, jucho und woohoo«, riefen sie alle durcheinander. Dabei wurden Zipfelmützen beschwingt in die Luft geworfen, Jubel brach aus, es entstand auf einmal eine jauchzende

Fröhlichkeit. Nach einer Weile erhob Santa die Hand und es wurde still. Nun war es soweit. Santa wird gleich die Halle verlassen, doch zuvor wird er wie jedes Jahr eine Geschichte erzählen, eine Geschichte, die das Leben schrieb oder zumindest authentisch nachempfunden wurde, wie zum Beispiel: die Gefangennahme des Räubers Hotzenplotz durch Pfarrer Brown oder: die Erfindung des Nackenbisses durch einen afrikanischen Flughund oder: das mysteriöse Verhalten des Dr. Dracula, als er seinen Sarg mit einer Sonnenbank verwechselte. Gespannt standen alle da und lauschten seinen Worten:

»Vor langer, langer Zeit lebte in einem fernen unbekannten Land ein niederträchtiger und grausamer Fürst. Als eines Tages das Weihnachtsfest nahte, lud er Königinnen und Könige aus allen angrenzenden Ländern zu einem verschwenderischen Mal ein.

Während des Festmahls begab sich der Fürst in die Küche, um nach den Rechten zu sehen. Dabei überraschte er einen Bettler, der gerade im Begriff war, sich die Taschen mit einigen Speiseresten vollzustopfen. Darüber geriet der Fürst so sehr in Zorn, dass er den Bettler am Kragen packte und ihn in die eiskalte Nacht hinaus stieß.«

»Das ist aber hundsgemein, abscheulich, unanständig, kannibalistisch, ungeheuerlich«, erbosten sich die einen Elfen und Wichtel.

»Das ist ja über alle Maßen schrecklich, unverschämt, damisch, sakrisch, assig«, meinten die anderen. Santa erhob abermals seine Hand, um damit zur Ruhe zu bitten. Dann fuhr er weiter fort:

»Doch was dieser herzlose Fürst nicht wusste, war, dass dieser Bettler kein gewöhnlicher Bettler war. In Wirklichkeit war dieser Mann ein mächtiger Zauberer, ein Meister der Magie, der sich als Bettler verkleidet hatte. Er belegte diesen herzlosen Fürsten mit einem magischen Zauberspruch, sprach Simsalabim, Abrakadabra, Hokuspokus Fidibus, dreimal schwarzer Kater, ließ rötlich braungrünen Qualm aufsteigen und beschwor:

Schlangenei und Krötendreck,
was hier grad war, das ist jetzt weg!
Wagemut und Donnerschlag
Ich dich nicht mehr sehen mag!

Und schon verschwand der Fürst vom Erdboden.«

»Richtig so, gib es ihm«, sprach eine Elfe.

»Im Fegefeuer soll er schmoren«, bemerkte ein Wichtel.

»Nein lieber die Hölle putzen«, mischte sich einer weiter ein.

Wieder erhob Santa seine Hand und wieder wurde es still. Alle hingen förmlich an Santas Lippen. Es knisterte vor Spannung:

»Einmal im Jahr, eine Woche vor Weihnachten, wurde er dazu verdammt, zurückzukehren und einen kleinen Teil seiner unermesslichen Schätze unter den Armen zu verteilen. Zudem musste er ihnen Glück wünschen und Trost spenden und plötzlich vollzog sich eine erstaunliche Verwandlung in ihm. Er bemerkte auf einmal das Glück in den Augen der Beschenkten. Da wurde er nachdenklich und fing an, sich selber zu verachten. Gleichzeitig durchlebte er eine Phase, die ihn veränderte, die einen Geizhals zu einem Wohltäter verwandelte. Er wurde plötzlich von einem Nehmenden zu einem Gebenden und Glück durchfuhr ihn, wenn er andere beschenkte.

Das alles geschah durch die Macht des Zaubers und diese Macht wurde von Generation zu Generation weitergegeben. Vom Urgroßvater zum Vater, vom Vater zum Sohn und so hatte auch mein Vater es an mich weitergegeben. Und heute …, heute bin ich der Santa Claus.«

Mit diesen Worten beendete er die Geschichte und es blieb ruhig. Gespannt saßen und standen die Elfen und Wichtel um den Schlitten herum, warteten, als wenn die Geschichte noch kein Ende gefunden hatte.

Sie sind wie Kinder, nehmen tief gehende Situationen in persönlichen und auch globalen Zusammenhängen wahr und lassen sich emotional oft stark dadurch berühren.

Plötzlich die Sirene, die durch alle Hallen dröhnte. Ein langes außergewöhnliches, etwas traurig klingendes Pfeifen, das an Walgeräusche erinnert. Das Zeichen des Abfluges. Santa winkte allen zu, setzte sich dann auf den mit rotem Samt gepolsterten, ergonomisch sportlich ausgeprägten, aus Carbon-Gewebe gefertigten, neun-fach verstellbaren Sitz. Ein Sitz mit ausgeprägter Sitzfläche, mit Unterstützung der Wirbelsäule und Lendenseitenführung, mit Unterpolsterung im Schulterbereich und integrierter Kopfstütze. Gekonnt nahm er den Dreipunkt-Sicherheitsgurt, zog ihn über sein Becken und führte die Schlosszunge in das Gurtschloss ein. Dann nahm er die Leinen in die Hand.

Elfe Elif kam herangerannt und reichte ihm schnell noch sein Tablet, ein elektronisches Notizbuch, vollgestopft mit Adressen, Wehweisern, Hinweisen und, und, und. Und natürlich auch der Möglichkeit, damit fotografieren und telefonieren zu können.

Das Teleskop-Schiebetor wurde geöffnet und ein Schwall eiskalter Luft fegte durch die Halle.

»Los Jungs, wir sind etwas knapp dieses Jahr«, sprach Santa zu den Renen, löste die Schlittenbremse, riss die Leinen hoch, ließ sie kurz in der Luft knallen und dann sanft auf den Rücken der Rene zurückfallen.

Die Rene zogen den Schlitten an, führten ihn hinaus in die klirrende Winterluft und alle Elfen und Wichtel folgten ihnen. Vorweg lief Wichtel Nereus und führte Rudolph am Backenstück. Er ist nicht nur der Rentier-Knecht, sondern auch unser Northpol Marshaller, der Lotse, der für die Führung des Fluggespanns und für dessen Positionierung verantwortlich ist.

Dabei unterstreicht er seine Handbewegungen meistens mit zwei Kellen, die er in der Hand hält. Sei sehen aus wie Schläger einer besonderen Sportart, bei der sich zwei Kontrahenten gegenüberstehen, und versuchen einen kleinen Ball mit einem Topspin auf die gegnerische Tischhälfte, die durch ein Netz geteilt ist, zu befördern.

Schneeflocken fielen dick und gemächlich durch das weiche Licht der Außen- und Wegbeleuchtung.

Dann die Startbahn. Sie war links und rechts durch Wichtelhohe rot/weiß gestreifte

Hirtenstäbe in Szene gesetzt worden, aus denen am Ende ihrer Krümmung jeweils diverse LED zu Boden strahlten und so eine Akzentbeleuchtung längst der Piste schaffte.

Nur noch wenige Sekunden, dann werden alle Elfen und Wichtel wiedermal die ungefähre Vorstellung davon erhalten, welche Fliehkräfte Santa, bei seinen Extremmanövern, ausgesetzt ist.

Santa nickte zufrieden, schaute zum Himmel und sprach:

»Herrliche dunkle Wolken, dass beschert uns ein weißes Weihnachtsfest.«

Dann steckte er einen USB-Speicherstick in den dafür vorgesehenen Steckplatz, schaltete das Schlitten-Radio ein und schon ertönten seine Lieblings-Weihnachtslieder.

»Kennst du den Song von Tom Astor?«, fragte Santa Nereus, der zwischenzeitlich das Gespann in Startposition gebracht hatte und sich bis zur Höhe des Schlitteneinstiegs zurückbewegt hatte.

»Ähm … Friede der Welt?«, antwortete er fragend.

»Nein, der ist von Michelle.«

»Ach ich weiß, ich weiß, ich weiß. Das ist …, na ich komm gleich drauf … äh … das ist dieser Dingsbums da … äh …, äh … Engel haben niemals frei, stimmst?«

»Quatsch der ist von Roland Kaiser.«

»Okay, okay, okay, eine Chance noch …, ich hab es gleich …, Moment, das ist …, das ist …, das ist …, es liegt mir auf der Zunge …, es fällt mir gleich ein, ah ich hab's …: Rudolph the Red Noise Raindeer?«

Santa schüttelte den Kopf.

»Haidschi Bumbaidschi?«

Abermals schüttelte Santa den Kopf.

»Dann aber: Erwin der Schneemann?«

»Alles falsch, der Song heißt: Der Weihnachtsmann, der fährt ein großen Truck. Und?, wenn du dir mal das Gefährt näher ansiehst, was fällt dir auf? Na …? Richtig, das ist kein Zwölf-Tonner, das ist kein Zweiunddreißig-Tonner, auch kein Vierzig-Tonner, nein Santa fliegt mindestens einen Sechzig-Tonner, oder mehr!«

»Mhm …, ja!«

Dann erhob Santa abermals die Leinen, ließ sie laut in der Luft knallen und rief:

»Hey ho gibt Gummi Jungs«, und mit einem rasanten Start, sprinteten die Rene los.

Wieder wurden Zipfelmützen in die Luft geworfen, es wurde gejubelt, Ringelreihen getanzt und gesungen. Blitzlichtgewitter entstanden, als die Reporter der Hauseigene Klatschpresse "Halleluja News" die Bewegungen an der Rollbahn in Bild und Ton festhielten.

Plötzlich ein Beifallssturm, als Santa gerade eine atemberaubende Kurve um das Fabrikationsgebäude flog und im Tiefflug über die Köpfe der Elfen und Wichtel hinweg sauste. Eine Finesse, die jeden Kampfpiloten vor Neid hätte erblassen lassen.

Dann waren sie außer Sichtweite und es trat wieder Ruhe ein. Alle Elfen und Wichtel gingen zurück an ihren Arbeitsplatz, um Ordnung zu schaffen, um die Studios, Nähstuben, Tischlereien, Schlossereien, Lackierereien, und, und, und in einem sauberen Zustand zu hinterlassen, wenn ab morgen die Christmas Vacation anfängt.

Auch ich begab mich ins Büro. Vor mir ein Schreibtisch übersät mit erledigten Notizen, Schreiben und ausstehenden Wünschen, die einfach ein Weihnachtsmann dieses Jahr nicht erledigen konnte.

Wäre schön, wenn jetzt eine Fee vorbeihuschen würde, die gerade ein bisschen Langeweile hat und die mit einem Simsalabim den Schreibtisch von der

Unordnung in eine blitzblanke Ordnung verwandeln könnte.

Ich setzte mich an den Schreibtisch und dachte: wozu eine Fee? Dabei beförderte ich mit einer gekonnten Wischbewegung den ganzen Kram vom Tisch auf den Fußboden.

Jetzt war der Schreibtisch leer und ich konnte getrost meine Füße auf der Schreibfläche ablegen.

12. Wenn es mal wieder Scheiße regnet, sollte man wissen, aus welcher Richtung der Wind bläst.

Ich saß immer noch an meinen Schreibtisch und wartete, wie jedes Jahr, auf die Rückkehr von Santa, wenn er wie heute Nacht um die Welt fliegt. Es ist wie das Weihnachtsgeschenk für einen Monteur, der Heiligabend gerufen wird, um die Fehlerquelle eines Ölbrenners zu beheben.

Seit Jahren schon tue ich es, um anschließend mit dem Mann, der es immer wieder schafft Kinderaugen zum Leuchten zu bringen, gepflegt auf den Erfolg des zurückliegenden Jahres anzustoßen. Oder es einfach mal mit einer nicht eingedeutschten Redewendung zu bezeichnen: einen Toast auszubringen, wobei dieser Anglizismus nichts mit dem labbrigen Weißbrot zu tun hat.

Es ist nicht wie bei den Menschen, die mal eben mit ihren Kumpels ein Bierchen trinken gehen … am besten zwei Wochen auf Mallorca, was dann meistens mit Bierdeckelstapeln, präsentieren von Billardkünsten, und den zehn lustigsten Arten einen Schnaps ohne Hände zu trinken, endet.

Ich dachte gerade an den Schabernack, der mit mir getrieben wurde. Der Tag fing so harmlos an, bis man mir einredete, der Schlitten sei kaputt. Dabei bedienten sie sich ihren ausgeprägten guten imposanten schauspielerischen Talenten und taten so, als ob es der Wirklichkeit entspräche. Gedankenversunken schmunzelte ich über diese Rasselbande, dessen Geniestreich mich nachdenklich machte.

Jeden Einzelnen werde ich mir vorknöpfen, vielleicht fange ich morgen schon mit dem Schlitten-Michel an. Ich werde ihm ein Wettkampf vorschlagen, und zwar, wer mit den wenigsten Schlägen auf den Hinterkopf eine auf die Stirn gedrückte Münze lösen kann, gewinnt. Zuerst drückt er mir eine auf, dann ich, nur dass ich meine unauffällig wieder entferne. Dann kann er sich ewig und drei Tage auf den Hinterkopf schlagen. Immer Doller immer Fester werden wir schreien.

Für Wieland, den Teetrinker, werde ich den Inhalt eines Teebeutels mit Pfeffer auswechseln und ihn bei unserem monatlichen Symposium servieren lassen.

Die Postelfe Kristeen erfreue ich mit einem Schokoriegel. Allerdings werde ich mit einer Spritze Essig durch die Verpackung in den Riegel spritzen oder ich werde ihren Zucker durch zerstampfte Brausetabletten ersetzen. Das ergibt dann ein sprudelndes Erlebnis.

Kuli wird eine Postkarte erhalten mit dem Inhalt:

Ich sitze hier am Polarmeer und denke noch immer an unsere liebevollen, zärtlichen Stunden. Ich vermisse Dich, aber ich weiß, wir sehen uns ja bald wieder. Tausend Küsse, dein Dieter Gerhard.

Die Postkarte werde ich auf den Boden der Fabrikationshalle legen, so, als wenn Kuli sie verloren hätte.

Nereus bekommt Knallerbsen unter die Toilettenbrille gelegt, Legolas wird der Durchgang zu seiner Werkstatt mit Klarsichtfolie beklebt, die drei Schneeräumungs-Musketiere erfreue ich mit Schokoküssen. Allerdings werde ich vorher den Schaumzucker entfernen und durch Ketchup ersetzen.

Schmunzelnd saß ich da und freute mich schon über die Gesichter, als es an der Tür klopfte.

»Hier ist niemand«, rief ich um meine Ruhe zu haben. Wieder klopfte es.

»Ich bin nicht hier«, erwiderte ich. Doch die Weisheit der drei "H's", harte Hartnäckigkeit hilft, bestimmte den weiteren Verlauf. Es klopfte abermals an der Tür.

»Okay, okay«, kapitulierte ich. »Dann komm rein.«

Die Tür ging auf und Anni kam herein. In der Hand hielt sie einen Becher auf dem ein Sahnehäubchen, schneeweiß, wie der Kilimandscharo schimmerte.

»Heyo«, sprach sie. »Du hast bisher nicht ein einziges Mal meine leckere Schokie ausgetrunken, magst du meine Rezeptur nicht?«

»Doch, doch schon, nur meistens kam was dazwischen, dementierte ich. Aber draußen in der Kälte, da habe ich sie bis auf den letzten Tropfen ausgetrunken. War äußerst lecker.«

»Ich hab dir schnell noch eine gemacht, bevor die Kantine schließt. Hier du Schokoholiker.«

»Schokoho …?, äh … ja danke Anni.«

»Mit Schuss?, doppelt oder einfach?« Dabei holte sie eine Spirituose hervor und schwenke sie hin und her.

»Oh ich glaube nicht. Nach dem letzten Schuss bekam ich schon Halluzinationen.«

»Du hattest Halluzies gekriegt?«

»Halluz …? Äh … ja! Na ja ich hatte plötzlich einen En …«, ich hielt inne und dachte an die Erscheinung, die ich draußen vor der Fabrik hatte, an den Engel, der zu mir sprach und meinte: Wichtig ist der Glaube, denn der wird alles verändern. Ja, würde es den Glauben nicht geben, gäbe es keine kindliche Fantasie, keine Poesie, keine Romantik, die das Leben erleichtert. Manches lässt sich nicht beweisen, man kann nur daran glauben und hätte man Beweise, brauchte man keinen Glauben.

»Was hattest du plötzlich gesehen?«, fragte Anni und riss mich dabei aus meinem Gedanken heraus.

»Ach ... ist nicht so wichtig«, antwortete ich und winkte mit einer Handbewegung ab.

Anni verschwand daraufhin und endlich hatte ich Zeit, über meine Streiche weiter nachzudenken und die heiße Schokolade dabei in vollen Zügen zu genießen.

Doch ein Unglück zieht das Andere an, wie Scheiße die Fliegen. Ein Mitarbeiter-Wichtel des Wetterpropheten Skip stürzte ins Büro, holte tief Luft und schnaufte unverständliche Worte:

»Du ... puuuuuh ... sollst ... ufffff ... schnellstens zur ... öcho, öcho ... Kontrollstation kommen.«

»Erzähl mir nicht, dass wieder ein Konkurrent gesichtet wurde. Das hatten wir schon, damit habt ihr mich schon einmal auf Glatteis geführt.«

»Nein ... ahö ... Santa ..., Santa ist was passiert.«

»Was? Santa ist was passiert?« Ich war erschrocken. Santa, der Mann der Millionen von Kindern den Heiligabend versüßt, ist was zugestoßen.

Er nickte nur und sofort folgte ich ihn zur Kontrollstation. Elfe Elif war auch schon da. Sie war ganz außer sich, zappelte und gestikulierte mit den Armen.

»Okay«, klagte sie, »keiner von euch bewegt sich. Wo ist der Schlitten? Wieso besteht keine Funkverbindung? Wie zum Teufel soll ich jetzt ..., was soll ich nur machen? Wo ist San?«

Sie nannte ihn immer mit einer verkürzten Form seines Namens, eine Art Kosenamen, wie Schatzi, Liebling, Mausi, Hasi oder Bärchen.

»Warum tut er mir das an?«, zeterte sie weiter. »Er hat mich noch nie im Stich gelassen. Wieso antwortet er nicht?«

Tränen kullerten ihren Wangen herunter. Sie war besorgt um Santa, um ihren Mann, um den Vater ihrer beiden Kinder. Sie fühlte sich betrübt, war am Boden zerstört. Immer wieder verlor sie eine Träne und man merkte, wie sie die Welt in Stück reißen könnte.

»Was ist los?«, fragte ich.

Elif kam auf mich zu und bettete ihr Kopf an meine Schulter. Es war schon eine komische Situation, als Elif sich dabei herunterbeugen musste. Wir Wichtel und Elfen sind nun mal wesentlich kleiner als die Menschen und Elif ist nun mal ein menschliches Findelkind. Schon immer war sie ein Kopf größer als ihre Freundinnen. Der Vorteil ist, dass man bei Veranstaltungen, auch wenn man nicht in der ersten Reihe steht, alles sieht. Man muss nie die Erfahrung machen, Ellenbogen ins Gesicht zu bekommen oder auf dem Kopf getätschelt zu werden und man wird nicht übersehen, was manchmal auch zum Nachteil sein kann, wenn man nicht auffallen will. Schluchzend sprach sie:

»Santa hatte gefunkt und irgendwas von einem Unfall erzählt. Plötzlich aber war die Verbindung unterbrochen. Es muss irgendwas passiert sein.«

Ich zog mein Handy aus der Tasche und wählte Santas Nummer.

»Wen rufst du an?«, fragte Elif.

»Santa! Für das Senden von Sprach- und Datensignalen werden unterschiedliche

Frequenzen benutzt und können nicht gleichzeitig an jedem Standort eingesetzt werden, da sie sich sonst überlagern. Einem Netzbetreiber steht jeweils nur ein Teil der eigentlichen Frequenzmenge zu Verfügung. Da die Frequenz der Funke irgendwie gestört zu sein scheint, versuche ich nun über WhatsApp internetbasiert zu telefonieren.«

»Und ...?«

»Pssssst, es klingelt.« Es klingelte ein zweites Mal, es klingelte ein drittes Mal und dann:

»Hier ist der Anrufbeantworter von Santa Claus. Ich bin zurzeit zum Grünkohlessen auf Hawaii ...«

»Erzähl kein Quatsch. Dein Tablet hat keinen Anrufbeantworter.«

»Echt nicht?«, antwortete Santa erstaunt.

»Was ist los. Man erzählt du hast ein Unfall gehabt. Wo bist du?«

»Na ja, mir ist da so ein kleines Malheur passiert, nicht Nennwertes. Kein Grund zur Aufregung, ich hab alles voll im Griff.«

»Erzähl was ist los?«

»Mhm weißt du, ich flog gerade aus einer Reihe dichter Wolken heraus, da erstreckte sich vor mir eine Ansammlung einfacher aber gepflegter Einfamilien- und Doppelhäuser. Die Weihnachtsbeleuchtungen in den Gärten blinkten wie das Landesystem eines Flughafens.

Ich ließ die Rene eine leichte Berührung der Leinen spüren, worauf sie den Schlitten in einen Sturzflug zogen. Kurz vor der Anflugphase bereitete ich alles auf die Landung vor und ging in die Horizontale. Ein Blick auf den Clausimeter verriet mir, nur fünfzig Meter bis zum Ground contact, vierzig, dreißig, zwanzig, zehn und dann, dann … wie aus dem Nichts stand er da. Nun, wie du weißt, leide ich an Astigmatismus im rechten Auge, am Fehlen der Tiefenscharfe. Ich konnte gerade noch den Schlitten zur Seite reißen, doch dann ist es passiert.«

»Was ist dann passiert?«

»Na ja ich kann mich noch an letztes Jahr erinnern, da war alles anders und ich bin genau die gleiche Strecke geflogen.«

»Was war anders?«

»Na dieses Ding da, diese Mastanlage, die war letztes Jahr noch nicht da.«

»Was? Du bist in einen Maststall gelandet. Wieso denn das?«

»Nicht in einen Maststall, in so eine Antenne, so ein Funk Dingsbums da.«

»Du meinst einen Sendemast?«

»Ja, genau so ein Ding und … und der ist jetzt umgefallen.«

»Aber dir und den Tieren ist nichts passiert, oder?«

»Nein, wir sind mit einem leichten Schrecken davon gekommen. Nur der Schlitten wurde zur Seite geschleudert und die rechte Kufe total verbogen. Die Polizei will jetzt den Unfall aufnehmen. Sie meint, dass wir das für die Versicherung brauchen. Allerdings braucht sie meinen Führerschein, meinen Ausweis, die Fahrzeugpapiere und die Paketbeförderungslizenz über den grenzüberschreitenden Verkehr. Haben wir so was?«

»Hast du ihm denn nicht erzählt, wer du bist?«

»Doch, gelacht hatte er und meinte, wenn ich Santa wäre, wäre er dann der Assistent vom Osterhasen. Also veralbere mich nicht. Wer bist du? Ich hatte beteuert, dass ich Santa Claus sei und unterwegs bin, um meinen Job zu machen. Das kannst du dir abschminken, meinte er. Ich solle meine Agentur anrufen, damit die einen Ersatz schicken. Ersatz am Heiligabend, der spinnt doch.«

Wieso?, dachte ich mir, wieso immer ich. Ist heute der Tag der schlechten Nachrichten? Neugierig stand ein Pulk von Wichtel und Elfen um mich und warteten auf eine Entscheidung, die ich treffen muss. Doch als ich in den Augen der anderen sah, fiel mir etwas auf.

Allgemein spiegeln sich unsere Gefühle in den Augen wider. Besonders Emotionen wie Angst, Freunde oder Überraschungen lassen sich direkt an den Pupillen ablesen und so schaute ich Elfe Elif intuitiv in die Augen, um mehr über ihre Gefühlswelt zu erfahren. Dabei merkte ich, wie sich ihre wahre Emotion unter einer Fassade enthüllte, wie sie anfing, sich an die Nase zu fassen und dabei seitlich zum Boden schaute. Kleine Falten auf der Stirn zeigten sich und dann wusste ich es. Sie versuchen, mich ein zweites Mal auf Glatteis zu führen. Doch diesmal nicht mit mir und so spielte ich mit.

»Okay, alles dumm gelaufen«, bemerkte ich. »Beschädigung fremden Eigentums, fliegen ohne Führerschein, keine Schlittenzulassung, keine Ausweispapiere und auch keine Transportlizenz für den grenzüberschreitenden Verkehr. Ich schätze mal und dabei spielen unterschiedliche Faktoren eine Rolle, wie Vorstrafen, die

Umstände der Tatbegehung und die entstandene Höhe des Sachschadens, das, wenn du Glück hast, mit einer Geldstrafe davonkommst. Allerdings befinden sich die Gerichte zurzeit in den Weihnachtsferien, was die Verkündigung einer Entscheidung auf das nächste Jahr verschiebt. Solange wirst du wohl in Untersuchungshaft verbleiben.«

Merklich still wurde es im Raum, keiner vermochte auf einmal auch nur ein Wort von sich zu geben, geschweige zu lachen.

»Tja, dann wird wohl Weihnachten dieses Jahr wirklich ausfallen. Schade eigentlich! Aber was soll man machen, wenn unser Santa in U-Haft sitzt«, sprach ich zu Elif und den anderen. »Wir sollten uns schnellstens an die Presse wenden, an Funk und Fernsehen und eine Erklärung abgeben, das Weihnachten ausfällt. Über die Gründe sollten wir die Medien vorerst im Unklaren lassen. Muss ja nicht gleich jeder wissen, dass sich in der roten Kutte ein Verkehrsrowdy befindet.«

Ein Schauspiel, ein Telefon und zwanzig Augenpaare, die mich erwartungsvoll und gespannt ansahen.

»Rein formell«, fuhr ich weiter fort, »ist jeder Schritt, den die Polizisten tun, legal. Wenn du aus dem Gefängnis wieder herauskommst, sag uns Bescheid, damit wir dich dann gebührend empfangen können«, sprach ich zu Santa, wandte mich danach wieder an die anderen und meinte:

»Oder was meint ihr? Offen gesagt frage ich mich, ob diese ganze Publicity nicht dem Weihnachtsfest schaden könnte?«

»Nun … äh …«, stotterte Elif.

»Ja genau«, unterbrach ich sie. »Das hatte ich mir auch gedacht, aber die Entscheidung musst du allein treffen.«

»Aber … äh … äh …«

»Natürlich, natürlich, das versteh ich doch. So eine Entscheidung braucht Zeit.«

Ich setzte mich auf einen Stuhl, verschränkte meine Arme, schaute jeden einzeln an und wartete.

»Ja ich weiß nicht«, flüsterte Wichtel Skip perplex. »Das habe ich jetzt aber nicht erwartet«, und verzog sein Gesicht zu einem Grinsen.

Dann auf einmal passierte es, sie verfielen in einen Lachflash. Zwerchfell, Rippen- und Bauchmuskeln wurden angespannt, der Atem in Lachsalven hinausgestoßen. Tränendrüsen wurden stimuliert, das Herz schlug schneller, der Blutdruck stieg, Sauerstoff wurde in die

Lungen gepumpt. Ein hochgradiger Stress für den Körper, der zu einem Kontrollverlust führen kann, besonders wenn man versucht, gegen den Lachflash anzukämpfen.

Doch so ein Lachanfall ist bei Elfen und Wichteln nichts Neues. Jedes Mal, wenn sie irgendwelche dümmlichen Streiche spielen, verfallen sie anschließend in einen Lachanfall. Es ist gesund, verbessert die Lungenfunktion, versorgt das Gehirn mit Sauerstoff, massiert die inneren Organe und baut Glückshormone auf.

Irgendwann war auch der Lachflash vorbei und alle sahen mich an.

»Du hast es gewusst«, fragte Elfe Elif, worauf ich brüstend antwortete:

»Na klar!«

Daraufhin gab ich ihr das Telefon und verließ die Kontrollstation. Zurück im Büro erwartete mich wieder mal eine ausgekühlte Schokolade. Ich ließ sie stehen, lehnte mich im Bürostuhl zurück und ließ den heutigen Tag noch mal Revue passieren, den Tag des Heiligen abends. Eigentlich ein Tag, der klar datiert ist und auch irgendwann zu Ende geht. Als höher gestellter Mitarbeiter, als Commander oder auch als Top-Manager dieses exorbitanten Unternehmens, habe ich meine Aufgaben für diese Saison erledigt.

Da es in den nächsten Tagen erwartungsgemäß ruhiger wird, werde ich versuchen auszuschlafen, mich zu entspannen und zu erholen, bis wieder mein Körper "hui" sagt, während Santa sich wiedermal umdreht und meint:

»Was soll der Scheiß, so früh aufzustehen ... ich hab doch den ganzen Tag Zeit.«

Weitere Bücher des Autors, zu beziehen über www.bod.de oder über Buchhandel mit ISBN: 978-3-7386-5174-4

Es war die Neugier, die den Kater auf die Straße trieb, ein Schäferhund, der ihn in ein Kurierfahrzeug drängte und ein kostümierter Mops, der ihm von einem Mann erzählte, der jedes Jahr mit einem Schlitten reist, großzügig Geschenke verteilt und somit alle Adressen kennen müsste.

ISBN: 978-3-7412-4216-8

Seit Generation reist Santa Claus durch die Gegend und erweckt damit den Anschein, unsterblich zu sein. Tatsächlich jedoch muss auch er für die Evolution sorgen. Auf der Suche nach einer Partnerin über Speed Dating, Kontaktanzeigen, Blind Dates bis hin zur Singlebörse übers Internet erlebt er denkwürdige Momente, bis ihm eine übergroße Elfe auffiel.